# 귀신 사냥꾼

온후 퓨전 판타지 장편소설

WISHBOOKS FUSION FANTASY STORY

# 귀신 사냥꾼 8

온후 퓨전 판타지 장편소설

초판 1쇄 찍은 날 | 2018년  6월 14일
초판 1쇄 펴낸 날 | 2018년  6월 21일

지은이 | 온후
펴낸이 | 예경원

기획 | 위시북스
편집책임 | 이규재
편집 | 이즈플러스

펴낸곳 | 예원북스
등록번호 | 제396-2012-000132호
등록일자 | 2012. 7. 25
KFN | 제1-272호

주소 | 경기도 고양시 일산동구 호수로 646-24 위너스21 II 빌딩 206A호 (우)10401
전화 | 031-819-9431 팩스 | 031-817-9432
E-mail | yewonbooks@naver.com



ISBN 979-11-6098-984-7 04810
979-11-6098-697-6 (set)


※ 이 도서의 국립중앙도서관 출판시도서목록(CIP)은 서지정보유통지원시스템 홈페이지(http://seoji.nl.go.kr)와 국가자료공동목록시스템(http://www.nl.go.kr/kolisnet)에서 이용하실 수 있습니다.

거신
사냥꾼
8
온후 퓨전 판타지 장편소설
WISHBOOKS FUSION FANTASY STORY
Wish Books

거신 사냥꾼

# CONTENTS

# 45장
# 김민식(2)

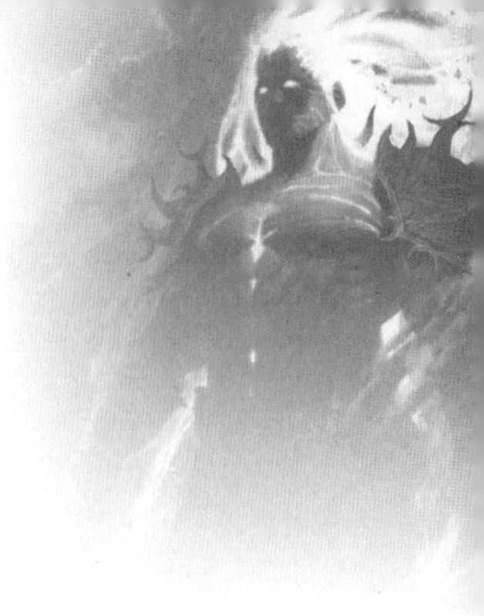

'눈.'

하늘에 나타난 거대한 눈.

'눈'이라고 설명해야 할 것이다. 그 외에 저 거대하기 짝이 없는 구체의 무언가를 설명할 방도가 없었으므로.

'나를 보고 있지 않다.'

'눈'은 세상의 모든 것을 바라보고 있었다. 하지만 오로지 나만은 예외였다.

그리고 '눈'이 한 번 깜빡일 때마다, 균열이 생성되고 '문'이 생겨났다. 문과 접촉하여 사람이 각성할 때마다 '눈'은 그곳을 주시했고, 이윽고 보이지 않는 투명한 막과 같은 게 각성자의 주변을 감쌌다.

프로텍트라 칭했던 것이다.

하지만 저 프로텍트는 지켜준다는 그런 뜻이 아닌 것 같았다.

'저 눈은…… 위대한 별의 눈이다.'

위대한 별.

그것이 지구로 강림하면 모든 각성자가 제물로 바쳐진다고 했다. 어쩌면, 저 프로텍트가 원인일 수도 있겠다는 생각이 들었다.

이후 다시금 세상이 변했다.

육도라 칭해지는 여섯 개의 세상을 차례대로 비추었고, 그 모든 세상에 저런 '눈'이 존재하고 있었다.

'눈은 모든 차원에 영향을 끼친다. 형태는 다르지만…… 이래서 위대한 별을 얻으려고 혈안이 된 것일 수도 있겠군.'

단순히 허무의 힘을 손에 넣는다는 수준이 아니다. 저 '눈'은 모든 세계에 영향을 끼치고 바라볼 수 있게 만드는 불변의 힘이다.

어째서 신들이 심연의 전쟁에 참여하게 된 것인지에 대하여 한 가지 이유가 더 추가된 셈이다.

'이 모든 것은 천마가 내게 보여주고 있는 것이다.'

힘을 계승하며 숨겨진 비밀을 꿰뚫게 되었다.

프로텍트를 벗어내고, '눈'의 존재를 알았다. 하지만 이 모든 건 천마가 내게 보내는 일종의 메시지다.

왜? 무엇 때문에 그는 이러한 진실을 내게 알려주고 있는 걸까.

–멍청한 녀석. 세계에 대한 이해. 그것만으로도 존재력이 올라가기 때문이다.

심장에서 꿈틀대며 암령이 튀어나왔다.

암령은 나와 같은 모습으로 내 반대편에 서선, 혀를 차며 고개를 저었다.

"뭔가를 알고 있는 모양이군."

암령은 천마와 함께했다. 당연히 천마에 대해서 누구보다 잘 알고 있을 것이었다.

–신들의 세계에서 존재력이란 절대적이지. 존재력을 잃은 신은 신위를 잃고, 존재력을 얻은 신은 더욱 강한 신성을 얻는다.

존재력. 요르문간드가 몇 번이고 말한 적이 있다. 세계의 비밀을 말하기엔 아직 자신의 존재력이 부족하다고. 반대로 세계에 대한 이해만으로도 그 존재력을 올릴 수가 있는 모양이었다.

–네가 얻은 것은 '기틀'이다. 아마도 내가 너와 함께하고 있기에 천마의 힘이 그대로 융화되기 시작한 것이겠지. 필멸자가 불멸자의 힘을 얻었으니 너는 불균형 그 자체인 존재가 되었다.

"그게 문제가 되는 건가?"

–어중간한 존재력은 신들의 먹잇감이 되기 좋지. 특히 신성을 잃은 존재들이 너를 먹어 치우고자 달려들 것이다. 그래…… 네 주변에 있는 그 거대한 '뱀'도 그중 하나일 수 있겠지.

뱀. 요르문간드. 암령은 그녀를 알고 있었다.

그녀가, 혹은 그녀와 같은 존재들이 나를 노리기 시작한다는 말이다. '위대한 별'의 감시를 벗어났지만 또 다른 이들에게 주목을 받게 된 셈이었다.

–두렵다면 너의 몸을 내게 넘겨라. 네가 바라는 소원을 내가 이뤄주마.

"필요 없다."

고민할 틈도 없이 거절했다.

암령은 쉬이 믿을 수 없는 놈이다. 언제나 내 몸을 가로채려고 안간힘을 쓰고 있었다. 아마도 내가 천마의 신체를 얻으며 더욱 안달이 난 것이리라.

–쯧쯔, 사태에 대한 긴장감이 전혀 없구나. 수많은 유혹이 있을 것이다. 그 유혹에 넘어가는 순간 너의 존재력 자체가 사라질 터. 힘들면 언제든 내게 몸의 소유권을 넘겨라. 나는 항상 기다리고 있으니…….

조언인가?

모호한 말을 남기며 암령이 다시금 사라졌다.

녀석이 사라짐과 동시에 나는 다시 현계로 돌아왔다.

[힘의 계승이 완료되었습니다.]

[알 수 없는 힘에 의해 신체가 극도의 '순정' 상태가 되었습니다.]

알 수 없는 글귀도 모두 사라졌다.

나는 천천히, 허공에 십자 인을 그렸다.

**이름:** 오한성

**직업:** 천지인(天地人)

**칭호:**

- 오한성(無, 순수마력 10당 모든 능력치+1)
- 대라선(10Lv, 지능+20)
- 타오르는 샛별(8Lv, 지능+13)
- 전장의 싸움꾼(7Lv, 힘+4 체력+7)

**능력치:**

힘 91(78+13) 민첩 87(73+14) 체력 96(73+23)

지능 110(63+47) 마력 101(87+14)

잠재력(374+107/499+)

**잠재 능력치:** 4

**[전후 비교]**

힘 86 민첩 82 체력 91 지능 85 마력 96 잠재력(349+91/499)

힘 91 민첩 87 체력 96 지능 110 마력 101 잠재력(374+111/499+)

순수 능력치가 고루고루 5씩 상승했다. 게다가 대라선의 칭호는 무려 지능을 20이나 올려줬다. 항마력, 혹은 스킬의 숙련도와 관계된 능력치가 가파르게 상승하며 내 능력치 중 가장 높은 비중을 차지하게 된 것이다.

'스킬의 안정성이 많이 올라가겠군.'

지능은 그 외에 내가 사용하는 스킬의 안정성에도 큰 효과를 발휘한다. 예컨대 '변형'할 때의 페널티를 많이 감축시켜 주는 것이다.

화천과 싸우면서도 낮은 지능이 얼마나 아쉬웠던가. 승천의 망토가 있다지만, 지능이 100 정도만 넘었어도 그토록 처절하게 싸우진 않았을 터였다.

'플러스 표시는 뭐지?'

하지만 가장 눈에 띄는 건 잠재력 부분에 +라는 표시다.

플러스?

무언가가 더해진 건가, 더해질 수 있다는 건가.

한 가지 확실한 건 내 한계의 지평선이 더욱 넓어졌다는 거다. 당장 대라선의 칭호와 순수 능력치가 올라간 정도만 하더라도 믿기지 않을 수준의 이득이었다.

10레벨의 칭호라니.

'과거에도 얻어본 적이 없는 레벨이다.'

인류 누구도 10레벨의 칭호를 갖지는 못했다. 적어도 내가 아는 한도 내에선 말이다. 데몬로드도 10레벨의 칭호가 한계이지 않은가.

그 전에는 9레벨 정도가 칭호의 끝인 줄 알았다.

'확실한 건…… 기틀을 얻었다는 것.'

암령이 말했다. 나는 세계에 대한 이해를 하게 되었고, 그로 인해 존재력을 얻었다고. 하물며 둘이 노리던 '정수' 역시 신으로 가는 길 중의 하나였다.

말하자면 나는 신이 되기 위한 기틀을 얻었다는 뜻이다. 정확하게 이걸 어떻게 활용할지에 대해선 더 고민해 봐야겠지만.

'돌아가자.'

현계에 오르고 정확히 33일.

나는 현계를 내려갈 준비를 했다.

—스스로를 '알레테이아의 사도'라고 칭하는 괴한들이 폭증하고 있습니다.

-반정부 조직이며, 세계 각지에서 테러를 자행하고 있다고 합니다.

-한국에도 이와 관련된 것으로 추정되는 일들이…….

연일 뉴스가 터졌다.

주요 내용은 '알레테이아'에 관한 것이었다.

그들에 관한 일화는 이미 국제 사회적으로도 큰 이슈가 되고 있었다.

일반적인 테러라면 충분히 제압 가능하지만, 문제는 그들이 테러를 자행하는 방식이었다.

'문'을 열어 괴물들을 출현시켰다.

그 방법에 관해선 알려진 바가 없으나 '알레테이아의 사도'들은 특수한 방법으로 문을 열고 그곳의 괴물들이 지구를 침공하게 만들었다.

그중에는 스스로를 '신'이라 칭하는 괴물들도 포함되어 있었다.

「나는 므'나갈라(M'Nagalah). 너희를 지배할 신의 이름이노라.」

「르림-샤이코스. 세상의 모든 벌레는 나를 따르라.」

가장 위협적인 건 이 두 마리다. 나타난 즉시 지역 일대를 파멸로 몰아넣은 두 괴물은 인류 세계에 대한 선전포고와 함께 대대적인 공격을 시작했다.

아직은 인류가 넘기 불가능하다고 판단되는 미지의 괴물들.

그들 역시 '알레테이아'의 신도들이 관여했다는 증거가 속속들이 나오고 있었다.

―나의 가장 강건한 신도여, 나를 받들라. 그리하면 너에게 범접하지 못할 힘을 줄 것이니.

―진정한 진리는 나에게 있도다.

―가짜 신들의 피륙을 삼키고 위대한 신을 맞이할 준비를 하라.

김민식이 움직였다.

빛이 없는 눈동자.

허리 끝까지 자란 머리카락.

검은 불꽃으로 활활 타는 검 한 자루를 들고서, 므'나갈라와 르림-샤이코스를 죽이고 놈의 피륙을 얻고자 말이다.

가장 먼저 해야 할 건 '정화된 균열석'을 처리하는 것이었다. 이것으로 말미암아 화천이 데몬로드 둠을 소환했을 정도이니, 비록 정화가 되고 힘을 거의 다했다고는 하지만 굉장히 이로운 효과가 있을 게 분명했다.

**<정화된 균열석(value-???)>**

- 강력한 힘의 저장고입니다. 미친 듯이 날뛰던 힘이 균형을 잡고 평온한 상태를 유지하는 중입니다.
- 균열석이 존재하는 장소를 중심으로 넓은 반경이 균열로부터 안전해집니다.
- 던전코어 등과의 결합 시 '강화'가 가능합니다.
- 정화된 균열석은 저장된 힘에 따라 '시간'을 지배할 수 있습니다. 사용된 힘에 따라 지속 시간과 범위가 결정됩니다(저장된 힘-7,789).

다시금 설명을 읽으며 고개를 끄덕였다. 균열로부터 안전해진다는 건, 침식이나 침략을 당하지 않는다는 뜻이었다. 적어도 암흑인들의 마음대로 일을 진행하진 못하게 될 것이다.

게다가 '강화'의 기능에 눈길이 쏠린다.

던전코어. 바로 세계수가 그 역할을 하고 있지 않던가.

'세계수를 강화시킨다?'

세계수는 그 자체만으로도 격이 다른 생물이다. 야차들은 모르겠지만, 야차들이 이곳에 정착한 즉시 잠재력의 한계치가 조금씩 상승하고 전체적으로 능력치가 올랐다.

뿐만인가.

더욱 빠르게 성장이 가능해졌으며, 번식률이 증가했다. 내 눈에 보이는 '인연의 선'들이 급격하게 증가한 것만 봐도 알 수 있다.

그런데 여기서 세계수를 한 단계 더 강화한다? 어떠한 결과가 나올지 전혀 예상이 가지 않았다.

"십이나찰이 대라선을 뵙습니다."

"대라선을 뵙습니다."

하지만 균열석을 처리하기 전에, 우선적으로 야차와 나찰들을 돌보는 게 내게 주어진 사명이었다. 대라선. 그 자리의 막중함을 결코 잊지 않았다.

내게 주어진 거처, 탑의 중심부에서 나는 시선을 옮겼다.

십이나찰 중 남은 여섯 명이 내 앞에 자리하고 있었다.

수천, 제석천, 비사문천, 일천, 풍천, 이사나천.

'지천, 화천, 범천, 염마천, 나찰천, 그리고…… 월천이 죽었군.'

이들의 힘은 놀라울 정도다. 적어도 인류에 한해선 한 명만 데려다 놓아도 최강자의 자리를 쉽게 거머쥘 수 있을 것이다.

하지만 이곳은 심연이었다. 심연! 더한 괴물들이 우글거리는 장소. 둠을 상대하며 무려 여섯이 죽었다.

"늦어서 미안하군."

"아닙니다. 승계의 의식은 숭고한 것. 게다가 30일이 넘도록 의식을 행한 대라선은 처음입니다. 매우 축하해야 할 일이지요."

일천이 말했다. 그와는 그나마 일면식이 있었다. 굉장히 다혈질적인 성격으로 기억하는데 웬일로 정상처럼 보였다.

고개를 주억이며 말했다.

"궁금한 게 많을 것이다. 이곳의 위치와, 데몬로드와 또 다른 세상에 관하여. 하지만 너희가 나를 믿고 따른다면 더욱 빠르게 예전의 영광을 되찾을 수 있을 것이다."

"안 그래도 그 문제 때문에 야차들이 불안해하고 있습니다. 우리엘 디아블로라는 자를 아십니까?"

"안다. 그는 믿을 만한 자이지."

"화천이 말하길, 그와 대라선께선 일심동체라 하더군요."

일심동체. 확실히 틀린 말은 아니다. 오히려 엄청나게 정답에 가까워서 문제지. 하지만 그것을 곧이곧대로 믿을 자가 어디 있겠나.

"맞다. 그가 하는 말을 내가 하는 말처럼 여겨라. 그게 어렵다면 그러한 시늉이라도 하도록."

"알겠습니다. 그리고 또 그가 말하길, 우리를 '용병'으로 사용하고 싶다고 하더군요. 저희는 대라선의 인가가 있어야 한다고 답했습니다만."

안 그래도 이 문제를 해결하려고 최대한 서둘러서 온 것이다. 지구에 들러서 일을 살필 시간조차 없이 말이다.

야차와 나찰들은 고집이 세다. 자존심도 강해서 우리엘 디아블로가 마냥 도와주겠다고 하는 걸 믿지 못한 모양이었다.

게다가 나의 인가 없이는 아무것도 하지 않겠다는 뜻을 내비쳐서 한 달이 넘도록 그들은 굶고 있었다.

'미련하기 짝이 없는 종족이다.'

천마가 이들을 만들었다. 창조물은 창조주의 성격을 닮는다고 했던가? 천마도 이와 비슷한 성격이었을 것임이 분명하다.

하여간, 한 달간 거의 굶다시피 해서 다들 피골이 상접해 있었다. 그나마 저층으로 내려가 괴물을 사냥하거나 식수가 많아서 굶어 죽진 않고 있었다.

그러나 여기서 더 진행되면 아찔한 상황이 연출될지도 모른다.

"허가하겠다. 그와 우리의 협력 관계는 좋은 효과를 낳을 것이다."

"저희가 정확하게 무엇을 하면 되는 겁니까?"

그들은 우리엘 디아블로보단 내게 설명을 듣고 싶어 하는 것 같았다.

하기야 갑자기 나타난 자보단 내가 더 믿을 만하겠지. 대라선이기도 하고 말이다.

"너희는 상단을 호위하며 물자를 먼 곳까지 운반하게 될 것이다. 그 과정에서 심연의 많은 것을 보고 익힐 수 있을 테지."

심연은 넓다. 정말 미치도록 넓어서 암흑인들도 심연 전체를 확보하진 못할 수준이다. 그런 곳에, 물자를 운반하여 팔면 꽤 쏠쏠한 이득이 남는다.

문제는 둠과 관련된 데몬로드들이 이를 보고하면 그가 어떤 방향으로 나올지 알 수가 없다는 것이다.

"그러나 상행에 오르기 전에 너희는 변장을 해야 한다. 이곳, 심연이라 불리는 세계에는 우리엘 디아블로를 비롯한 71명의 데몬로드가 있고, 그중에는 '둠' 또한 있기 때문이다. 아직 우리는 둠과 그의 파벌을 상대할 힘이 없다."

냉정하게 판단한다.

둠은커녕 그의 휘하 파벌도 상대할 힘이 없다.

고작 멸제의 카르페디엠을 잡았다고 하여 기고만장해할 틈 따윈 없었다.

나찰들이 무겁게 고개를 끄덕였다.

"둠…… 그에 대해서 아시는 게 있으십니까?"

"모든 데몬로드 중에 네 손가락에 들어가는 초강자다. 그는 열이 넘는 또 다른 데몬로드들을 이끌고 있지."

"열이 넘는 데몬로드! 혹시 우리엘 디아블로도 그렇습니까?"

"아니, 그는 철저하게 혼자다."

우리엘 디아블로를 설명하자면, 아웃사이더라는 말이 가장 어울린다. 어디에도 어울리지 못하고 결국 쓸쓸하게 죽어간 게 우리엘 디아블로였다.

그리고 아웃사이더인 점은 지금도 다르지 않다. 하지만 과거와 분명히 다른 점은 데몬로드들에게도 부각이 되기 시작했다는 것.

내 말을 듣고 일천이 살짝 실망한 기색을 가졌다.

'적은 많고, 아군은 적다.'

그러니 우리는 최소의 힘으로 최대의 효율을 내게끔 움직일 필요가 있었다.

그때, 수천이 앞으로 나와선 말했다.

"대라선이시여, 대라선께서만이 십이나찰을 임명할 권한이 있습니다. 십이나찰이 모두 있어야만 야차들은 비로소 안정을 찾을 것입니다."

"다섯은 이미 정해놓았다."

"오룡들 말입니까?"

"그래, 하지만 바로 내정하진 않을 것이다. 녀석들이 '각성'하게 된다면 그때 나찰로 임명할 생각이다."

차기 나찰로 지명될 자는 오룡 외에는 없다.

나찰들은 고개를 끄덕였다. 그들도 그럴 것이라 생각한 듯싶었다.

하지만 나는 한 발자국 더 나아갔다.

“더불어, 우리는 ‘무공 사부’로서 우리엘 디아블로의 휘하 부하들에게 합당한 대가를 받고 무공을 가르칠 것이다.”

나찰각에서 가져온 무공 서적만 대략 십만 권에 달한다. 다행히 아귀들이 책은 싫어해서 그런지, 책만큼은 그대로 보관이 되어 있었다.

“……괜찮겠습니까? 만약 그들이 잘못된 마음이라도 먹는다면.”

“철저하게 가려서 받을 것이다. 걱정 마라. 절대로 누설하지 않을 자들만을 선별하여 익히게 할 테니.”

지배자의 권능으로 지배한 자들만을 그 대상으로 할 셈이었다.

괴물들이 무공을 익힌다!

얼핏 보면 불가능해 보인다. 신체구조도 다르고, 내부 장기의 위치나 쓰임마저 다른 괴물들에게 어떻게 무공을, 몸을 쓰는 법을 가르친단 말인가.

하지만 이타콰가 무공을 배웠듯이, 불가능하진 않을 것이다.

그리고 그게 가능해진다면.

'비약적인 전투력의 상승이 있겠지.'

최소의 힘으로 최대의 효율을.

그에 걸맞은 일이었다.

이곳에 있는 모든 야차들, 그들은 숨을 쉬듯 무공을 익혀온 자들이므로.

이후 몇 가지 사안을 더 처리하고, 나는 세계수로 향했다.

'정화된 균열석'이 과연 세계수를 강화시킬 수 있을지 심히 궁금했던 것이다.

어그적! 어그적!

장발의 남자가 괴물의 살점을 씹고 있었다.

주변의 모든 것은 파괴되었다. 시체가 산을 쌓았고, 무너진 건물들의 잔해가 주변을 아수라장으로 만들었다.

그리고 산처럼 거대한 괴물, 므'나갈라가 그 가운데 죽어있었다.

므'나갈라의 살점을 한 남자가 물어뜯고 있는 것이다.

그 모습은 마치 짐승처럼 보였다. 외견은 인간이었으나, 결코 인간이라 할 수 없는 행동범위.

투둑. 투두둑!

살점을 씹고 삼킬 때마다 남자의 몸도 급격하게 수축되고 이완되길 반복했다. 억지로 힘을 삼키며 소화시킬 때의 부작용이다.

남자의 주변으로 생겨난 검은 불길은 더욱 강해졌다.

[신체가 감당할 수 없을 정도로 가파르게 능력치가 상승합니다.]

[어둠의 신의 축복으로 잠재력 한계치가 강제적으로 늘어납니다.]

"끄으으…… 끄으으으……!"

살점을 삼키며 남자는 울었다.

인류 누구도 당해내지 못한 괴물을 죽이고 그 힘을 흡수하고 있지만, 그의 표정은 한없이 괴로워 보였다.

"날, 죽여…… 아아아악!"

콰르르릉!

남자는 김민식이었다.

하늘에서 강렬한 검은 번개가 김민식의 머리를 때렸다.

그러자 다시금 눈동자에 생기가 사라지고 그가 야수처럼 움직이기 시작했다.

마침내 므'나갈라의 신체를 모두 포식한 그가 다음 대상을 향해 발걸음을 옮겼다. 신성력과 존재력을 잃은 반쪽조차 되지 않는 허약한 신들. 그들을 먹고, 먹어서, '정수'마저 빼앗는다면 그는 진짜 신으로 거듭날 수 있을 것이다.

김민식이 사라졌다. 유서희는 그것을 누구보다 먼저 알고 있었다.

'어떡하지?'

좁은 병실을 왔다 갔다 하며 손톱을 깨물었다. 조바심이 나고 있다는 방증이다.

본래는 김민식이 있어야 할 독방. 하지만 이곳에 환자는 없었다.

'선생님이 안 계셔서 일단 병원에 맡긴 게 실수였어. 이럴 줄 알았으면 길드에 감금이라도 시켜놓았어야 하는 건데!'

뒤늦게 그가 사라졌다는 사실을 접했다.

므'나갈라가 죽었다는 소식과 '김민식'으로 추정되는 인물이 그 근처에 있었다는 보고를 받고서야 이곳을 찾은 것이다.

'반나절 만에 어떻게 아프리카까지 간 거야? 슈퍼맨이야 뭐야?'

유서희는 보고를 받고 그가 김민식이 맞으리라 확정을 내렸다. 하지만 김민식이 나타난 위치가 아프리카라는 게 문제다.

유서희는 즉시 바람의 노래 길드를 소집해 회의를 열었다. 그가 므'나갈라를 죽이고 피룩을 섭취한 건 아마도 그때 자신이 보았던 검은 용의 문장과 연관이 있을 것이다.

그렇다면 다음 대상은 르림-샤이코스가 분명했다. 모든 벌레를 다루는 괴물 중의 괴물. 그 괴물을 김민식이 죽이면 다행이지만 너무나도 불안했다.

"서희야."

"언니!"

"대체 무슨 일이야?"

그리고 시리아도 불렀다. 시리아 데미도프. 이제는 러시아 최강 군부 가문의 수장인 그녀를 유서희가 부를 짬은 안 되지만, 과거의 인연으로 연락을 취한 것이다.

"선생님을 찾아야 돼요."

"선생님?"

"오한성 오빠요!"

"나도 그가 어디 있는지 몰라."

시리아라고 알 리가 없었다. 애당초 오한성과 연락이 안 닿은 지도 꽤 되었기 때문이다. 항상 그는 그가 필요할 때만 그녀를 부르곤 했으니까.

"김민식 씨가 단독으로 므'나갈라를 죽였어요."

"아포칼립스 길드가 난리 났다는 건 알고 있어. 그 사실은 지금 처음 알았지만……."

"문제는 김민식 씨가 정상적인 상태가 아니라는 거예요. 무언가 이상한 저주에 걸린 것 같았어요. 게다가 김민식 씨

주변으로 불온한 움직임들이 포착되고 있어요."

"불온한 움직임?"

"알레테이아! 그 신도들이 모이고 있어요!"

유서희가 비밀리에 진행하여 알아본 사항이다. 놀랍게도 김민식이 움직이는 곳에 알레테이아의 신도가 다수 있었다. 그가 움직이는 길을 따르며, 그 숫자가 점차 많아지고 있는 추세였다.

심상치 않다. 평범한 일이 아니다.

"그래서 선생님을 찾아야 돼요."

"하지만…… 어떻게?"

"언니는 정령을 볼 수 있죠?"

"정확하게는 그들이 하는 이야기는 들을 수 있어."

"그럼 선생님의 정령들이 어딘가에 있을 게 틀림없어요. 풀잎 정령이고, 세 자매라고 들었어요. 그 셋 중 하나만 찾아도 분명히 연락을 취할 수 있을 거예요."

유일한 방법은 그뿐이었다.

부디 풀잎 세 자매가 한국에 있기를.

문제는 정령들의 이름을 모른다는 것이었다. 애당초 정령사는 정령의 이름을 절대로 타인에게 알려주지 않는 게 불문율이었다.

하나 세 자매를 찾고, 오한성이 와야만 이 사태를 제대로 파악하고 해결할 수 있을 터였다.

희망사항이었지만, 그밖에 답이 없었다.

"알았어. 내 정령들에게 부탁해 볼게."

시리아가 굳은 표정으로 고개를 끄덕였다.

알레테이아의 신도들이 모인다. 러시아의 입장에서도 가만히 있을 순 없는 노릇이었다.

안 그래도 국내정세가 힘든데 알레테이아의 등장으로 더욱 어지러워졌다. 그러니 이 문제를 해결하는 데 시리아 역시 최선을 다할 생각이었다.

쟈낙. 심연의 지평선의 영주이자 다크엘프 엘더인 그녀는 세계수를 이용해 '지혜의 나무'가 있는 곳이라면 어디든지 갈 수 있는 존재라고 했다.

우리엘 디아블로. 나 역시도 세계수에게 주인이라 인정받으며 이동이 가능해졌지만, 쟈낙만큼이나 자유로운 이동 자체는 불가능했다.

아마도 그녀의 특성과 연관이 있을 것이다.

또한 세계수에 대한 더욱 방대한 지식을 가지고 있을 것이 분명했다.

'그녀는 용병이다.'

그러나 쟈낙은 용병이었다. 과거 인연이 있다고 하더라도, 그녀는 라이라 디아블로를 팔려고 했던 전적이 있었다. 자신에게 이득이 되는 쪽으로 움직인다는 뜻이다.

그러니 세계수에 관하여 직접 물을 수가 없다. 내가 세계수를 가지고 있다는 것을 정보로 삼아 다른 곳과 거래할 수도 있기 때문이다.

'나 스스로 알아봐야 한다.'

'나무'의 전승을 가진 종류는 크게 세 가지가 존재한다.

지혜의 나무, 세계수, 그리고 이그드라실.

지혜의 나무는 '축복받은 나무'라고 불리며 넓은 영역을 수호한다. 세계수는 말 그대로 하나의 세계를 떠받치는 나무이며, 이그드라실은 그 모든 세계수란 줄기들이 모여 하나로 구성된 우주의 집합체였다.

세계수를 강화한다고 하더라도 이그드라실이 되지는 않을 것이다. 실존하는지조차 불분명한 데다가, 그 이름은 그저 모든 세계를 통합한 총체의 이름일 뿐이라는 이야기도 있었다.

어쨌거나.

'정화의 균열석.'

세계수의 뿌리가 나를 나무의 중심으로 인도했다.

세계수의 중심에는 사람 크기 정도의 텅텅 비어 있는 장소가 있었다. 그곳의 출입이 가능한 건 세계수에게 인정받은 나뿐이었다.

발을 옮겨 들어가자 경계가 모호해지고 어둠이 찾아왔다.

'공허하다.'

아주 오랜 시간 방치되어 있었기 때문일까.

안은 텅 비어 있었다.

나는 그곳에 정화된 균열석을 던져 넣었다.

그러자 균열석에서 빛이 번지며 공허한 장소가 환희로 물들기 시작했다.

작은 빛은 마치 생명의 태동처럼 이윽고 태아의 모습을 만들었다.

움츠린 채 꿈틀대며 점차 번져 나가더니 빠르게 자라났다.

시간을 초월한 모습. 정화된 균열석이 '시간'을 다뤘기 때문일까.

이윽고 빛은 하나의 형상으로 완성되었다.

초록색의 머리칼과 짙은 초록빛의 눈동자를 지닌 정령.

[세계수의 정령이 생성되었습니다.]

[특수한 힘이 작용하여 보다 완전해졌습니다.]

[정령왕의 인자를 포함하고 있습니다.]

[이름을 붙여주시겠습니까?]

초록색의 정령은 나를 정면에서 바라보고 있었다. 아무런 감정도 느껴지지 않았다. 하지만 묘한 동질감을 느꼈다. 이타콰와 이그닐과 마찬가지로 이 녀석 역시 나와 '연결'되어 있는 것이다.

"수. 네 이름은 '수'다."

끄덕!

수가 고개를 주억거렸다.

'수'가 태어난 다음부터 세계수는 변하기 시작했다. 보다 푸르러졌고, 동시에 최하급이지만 정령들이 잉태되었다.

아마도 수가 정령왕의 자격을 가지고 있어서인 듯싶었다.

정령왕. 그와 비슷한 존재를 본 건 호라가 처음이었다. 호라를 처음 봤을 때의 충격은 아직도 이루 말할 수가 없을 정도다.

최하급의 정령들은 태어나자마자 나무를 타고 놀며, 야차와 함께 살아갔다. 밭이나 논의 경작이 훨씬 빨라지고 야차들은 그들 정령과 어울려 살게 되었다.

본래라면 보는 것조차 불가능하지만, 세계수를 보호하는 대상으로 야차가 선정되었기 때문인지 그들은 서로 간에 소통이 가능했다.

그리고 내 주변에는 항상 수가 함께했다.

이그닐, 그리고 이타콰와 마찬가지로 수 역시 나를 보고 배우며 익숙해져 갔다. 하지만 그 둘과 다른 점이 있다면 자신의 힘을 주체하지 못하고 있다는 점이었다.

"대라선님, 대라선님의 얼굴이 새겨진 산이 솟아올랐습니다."

"농작물이 과도하게 자라났습니다. 심지어 몇몇 농작물은 진짜 생물처럼 변해서 주변을 공격하더라니까요?"

넘침은 부족함보다 못하다고 했던가?

균열석 때문인지 수는 상상 이상으로 빠르게 성장하고 있었다.

넘치는 힘을 주체하지 못했고, 그것이 엉뚱한 방향으로 발현되곤 했던 것이다.

장난도 아니다. 수에겐 장난의 개념이 아직 없다. 그저 내가 고민하던 것을 들어주고자 행했을 가능성이 높았다.

'고민만 해도 결과가 나타나는군.'

본래 산에서 살던 야차들이 불편함이 없도록 하고자 산을 만드는 건 어떨까, 고민만 했다. 입 밖으로 꺼낸 적조차 없건만 그것을 수가 읽고 행동으로 옮긴 것이다.

농작물 역시 마찬가지였다. 현대의 경작법을 도입하여 더 빠르고 건강한 농작물을 재배하려고 고민하고 있을 찰나 수가 과도하게 성장을 시켜 버린 것이었다.

힘을 조절할 줄 모른다.

내가 말을 해도 고개만 갸웃할 뿐이었다.

'제대로 교육을 시키는 것도 고민해 봐야겠어.'

지금의 내가 보이는 행동 하나하나가 수에게 큰 영향을 끼친다. 이그닐, 그리고 이타콰의 경우를 봐서 안다.

작은 행동거지 하나라도 조심을 해야 할 때였다.

그런 고민과 함께, 나는 고개를 돌렸다.

광장에는 수많은 드워프와 백원후, 그리고 야차들이 모여 있었다.

서로가 대장장이 기술을 대련하기 위함이었다.

건전한 방향의 대결을 굳이 막을 필요는 없다고 보았다. 동시에 내가 바라던 것도 해결할 수 있다면 일석이조 아니겠는가.

"주제는 하나다. 이 검을 다룰 수 있는 자를 승자로 정하겠다."

월천. 그가 죽은 뒤 경질화하여 하나의 검으로 탈바꿈했다.

하지만 검은 너무 딱딱했다. 누군가가 다루기엔 그 성질이 너무 완고하여 적당히 담금질을 해줄 필요가 있었다.

그래서 나는 이 과제를 드워프, 혹은 백원후들이 해결하도록 비책을 마련한 것이다.

"시간 제한은 없다. 서로가 서로의 기술을 뽐내보도록."

"흠, 어려울 것 없군요. 드워프들의 저력을 보여드리지요."

드워프들은 자신했다.

검 한 자루를 담금질하는 것 정도야 어려울 게 없다고 판단하는 듯싶었다.

하지만 백원후들은 조용했다.

이 검이 '월천'이 경질화하여 만들어진 것임을 아는 까닭이다.

미지의 철을 다루는 게 쉬울 리 없었다.

'누가 이기든 내겐 이득이다.'

월천. 그가 내게 남긴 검이다. 하지만 그가 남긴 검을 내가 당장 사용하기엔 무리가 많았다. 서로가 성질이 너무 강하여 억지로 사용하면 서로에게 상처만 남길 것이다.

나는 월천에게 상처를 주고 싶지 않았다. 그래서 서로가 성질을 죽이는 과정이 필요했다.

드워프나 백원후. 둘 중 누가 이겨도, 과제만 해결된다면 내겐 이득이었다.

어깨를 으쓱한 뒤 순간 느껴지는 시선에 광장의 저 너머를 바라봤다.

'요르문간드.'

그곳에 요르문간드가 있었다.

폭발적인 아름다움의 소유자. 한때 세계를 집어삼켰던 뱀.

암령은 내게 경고했다. 그녀를 조심하라고.

한동안 보이지 않던 그녀가 불현듯 나타나 내게 신호를 보내고 있었다.

나는 천천히 자리에서 일어났다.

요르문간드의 호박석 같은 눈빛이 내게 닿았다.

"이상한 것을 달고 다니는구나."

"'수'라고 한다. 이번에 새로 태어난 정령이지."

수는 내가 어딜 가도 나를 따라왔다. 이타콰나 이그닐에 비하여 공간적 제약도 없기 때문에 말릴 수도 없었다.

요르문간드는 흐음, 하는 소리와 함께 본론을 꺼냈다.

"계약자인 너의 존재력이 급속히 증가하여 짐에게도 큰 영향을 끼쳤다. 그 과정에서 너는…… '그릇'을 얻은 모양이구나."

요르문간드의 눈이 내 전신을 훑었다.

그릇. 천마의 힘을 계승하고, 내 신체는 극한의 순정 상태가 되었다. 말하자면 지금 내 신체는 무엇을 하든 그것을 모두 받아들일 수 있는 상태가 된 것이다.

천지인과 맞물려 엄청난 시너지 효과를 발휘할 건 자명하지만, 그만큼 위험하기도 했다. 좋은 것과 나쁜 것 모두를 받아들이게 된다는 뜻이었으므로.

그래서 나는 조심하고 있었다. 조금이라도 잘못 나갔다간 아예 돌아오지 못할 수도 있다는 걸 나 스스로 알고 있기 때문이다.

“그 그릇에 무엇을 채울지, 무엇을 채워서 어떠한 것으로 거듭날지, 짐은 궁금하도다. 아마도 가장 먼저 네가 마음먹은 ‘강렬한 의지’에 따라 그 그릇은 형태를 변형할 테지. 괴물이 되는 것도, 신이 되는 것도 가능할 것이다. 하나 그러한 그릇은 우리에겐 더할 나위 없이 농익은 과실이기도 하다.”

농익은 과실.

요르문간드는 한 차례 혓바닥을 날름거렸다.

“그러니 빨리 너의 ‘의지’를 개화시키는 게 좋을 것이다. 그러지 못한다면 짐이 너를 잡아먹을 것이니.”

“경고를 하려고 온 건가?”

“짐의 존재력이 과도기에 이르러 탈피의 과정에 들어갈 것이다. 오랜 시간이 걸리진 않을 것이나 짐이 탈피를 마칠 때까지 너의 그릇이 개화하지 않는다면, 짐은 본능적으로 너를 잡아먹게 되겠지. 탈피를 막 끝냈을 때의 짐은 무척이나 배가 고플 테니 말이다.”

경고가 맞았다.

그나저나 탈피라. 허물을 벗어 성장하게 된다는 의미였다.

나는 고개를 끄덕였다.

“미리 경고해 줘서 고맙군.”

"더불어, 너의 세계는 하나가 아니다. 네가 선택했으니 하나에만 집중하게 된다면 나머지 것들이 부서지고 파멸할 터. 세계는 너의 생각보다 훨씬 더 참혹하다는 걸 명심해라."

그 말과 함께, 요르문간드가 등을 보였다.

그 순간 어둠에 동화되더니 이윽고 사라졌다.

'나의 세계는 하나가 아니다.'

나는 욕심쟁이다. 내가 가진 모든 것을 잃을 생각이 없었다.

그것을 요르문간드가 상기시켜 준 것이다.

아무래도 다짜고짜 잡아먹힐 일은 없을 듯싶었다.

'돌아갈 때가 되었군.'

지구로, 나의 고향으로.

시리아는 고민하고 있었다. 유서희와 대화할 땐 당황하여 그냥 넘겼지만, 갈수록 의혹이 짙어진 것이다.

'오한성 님이 선생님이라고 했지?'

선생님. 유서희의 '선생님'에 대한 의혹은 많았다.

그녀가 매번 말하는 선생님이라는 존재가 겉으로 나타난 적은 한 번도 없었기 때문이다.

하지만 유서희의 검술은 매우 기술적이고 고명한 것이었

고, 그 후보로 낙점된 사람들이 몇 명 있기는 했다.

그중 한 명이 '아르켄'이었다.

'설마.'

시리아는 고개를 저었다.

그럴 리가 없었다.

아르켄. 러시아의 군부를 때려 부수고, 모든 가문을 몰살한 악!

그는 악이다. 그 이상, 그 이하도 아니었다.

아무리 시리아가 군부의 자식이라지만 그가 행한 학살은 눈 뜨고 못 봐줄 정도였다. 사람의 목숨이 벌레의 그것보다 더 하찮게 여겨질 수준이었으니 말은 다했다.

–저어기! 저어어어기서 느껴져요.

–계약자가 가까운 곳에 있어요.

–싸우고 있나 본데?

시리아는 오한성의 집 주변에서 풀잎 세 자매를 찾을 수 있었다. 모습은 보이지 않지만, 목소리는 들렸던 것이다.

그 셋에게 오한성을 찾아주길 부탁했고, 한참을 헤맨 끝에 도달하게 되었다.

콰르르릉!

도시의 한복판.

그곳은 이미 전쟁터였다.

"알레테이아 만세! 알레테이아여, 영원…… 크아악!"

"우리의 신성에 도전하는 악이여!"

"정화되지 않는 악은 불로 태워…… 꺼어억!"

육망성이 그려진 흰색 후드를 뒤집어쓴 인간들. 바로 알레테이아의 신도들이다. 그들이 '문'을 열고 괴물과 함께 은빛의 갑주를 입은 기사와 싸우고 있었다.

기사, 아르켄은 무자비했다.

한 치의 양보도 없이 명쾌하게 목숨을 빼앗았다.

순식간에 알레테이아의 신도들이 몰살당하고, 아르켄이 전신에 피 칠갑을 한 채로 주변을 둘러보았다.

그러다가 시리아와 눈이 마주쳤다.

순간 시리아는 눈앞이 깜깜해졌다.

저 눈!

악마의 그것과 다를 게 없었다.

알레테이아의 신도들을 학살할 때의 그의 눈은, 무자비하기 그지없었다. 러시아에서 보인 모습보다도 더욱더.

–아! 저 모습일 땐 안 되는데…….

–크, 큰일 났어요.

–망했다!

풀잎 세 자매는 실수했다는 듯 어쩔 줄 몰라 했고, 시리아는 멍하니 아르켄을 바라보며 저도 모르게 입을 열었다.

"한성 님…… 이 아르켄이었나요?"

충격.

이루 말할 수 없는 충격이었다.

"너의 세계는 하나가 아니다. 네가 선택했으니 하나에만 집중하게 된다면 나머지 것들이 부서지고 파멸할 터. 세계는 너의 생각보다 훨씬 더 참혹하다는 걸 명심해라."

요르문간드의 충고가 이제야 와닿았다.

내가 무관심한 사이, 세상은 변했다. 변하고 있었다. 일 분, 일 초…… 하루가 다르게.

그 속도가 너무나도 빨라서, 잠시 눈을 뗀 그 시간에 악이 창궐했다.

'알레테이아.'

그 지독한 악의 이름으로 창궐된 악은 벌써부터 사회에 많은 문제를 야기하고 있었다. 계승의 의식을 행하며 오로지 '심연'에만 관심이 쏠린 그 몇 주의 시간 동안에 말이다.

'저 문양과, 저 후드…….'

잊을 리가 없었다.

무수히 많은 인류가 저들에게 유린당했다. 저들은 신의 이름을 되뇌며 아무렇지도 않게 사람들을 죽였다.

하루가 다르게 늘어났고, 놈들을 모두 소탕하는 데 10년이 넘게 걸리지 않았던가.

"아아악!"

"사, 사, 살려주세요!"

"으아아앙! 엄마!"

아비규환. 지옥이 이러할까.

무너진 건물의 잔해 속에서 아이가 운다. 수많은 괴물이 입맛을 다시며 인간을 사냥하고 있었다.

그리고 그 중심에 '문'을 연 알레테이아의 신도들이 있다.

'문'의 중심에 둥글게 모여서 알 수 없는 말로 기도문을 외우는 중이었다. 모든 알레테이아의 신도는 갑자기 생겨나고 저처럼 우리는 알지 못하는 기도문을 외우며 '문'을 열곤 했다.

꽈득.

주먹을 쥐었다.

이를 악물었다.

피가 배어 나왔다.

'다, 하나도 남기지 않고, 깡그리…….'

몰살시켜야 한다.

단 한 명의 알레테이아도 남겨둬선 안 된다.

놈들은 증식하듯 늘어난다. 마지막 하나까지 죽여야 늘어나지 않는다.

교화?

피식 웃고 만다.

불가능하다. 알레테이아가 교화했다는 소리는 들어본 적이 없었다. 아니, 단 하나의 예외가 있다면 민식이가 있지만…… 녀석은 '회귀'라는 특수한 힘이 작용하지 않았나.

하지만 그마저도 지금 상황에 이르러선 확신을 할 수가 없었다.

알레테이아가 창궐하고, 강제로 신도가 만들어지고 있다면, 민식이도 분명히 영향을 받았을 것이다. 과거에도 그러했듯이.

'악에 먹힌 자에겐 단죄가 필요하다.'

고개를 저었다.

내게는 보이지 않는 '선'이 있다.

이 '선'을 넘으면, 그 상대가 누구든 상응하는 벌을 내릴 준비가 되어 있었다.

그리고 적어도 지금 내 앞에서 주문을 외우고 있는 자들은 확실하게 '선'을 넘었다.

'알레테이아……!'

쿵!

크게 도약하자, 반경 십수 미터의 대지가 파열했다.

후욱! 후욱!

스무 명가량의 사도 모두가 숨이 끊긴 걸 확인한 다음에야 나는 겨우 숨을 크게 몰아쉴 수 있었다. 바람에 나부끼는 피 냄새. 후각이 마비될 정도였다.

'아직 늦지 않았다.'

주륵, 주륵, 비가 내리기 시작했다.

시체들의 위에 서서 가만히 하늘을 올려다보았다.

아직 신도들의 힘이 강하지 않았다. 그들이 건네받은 권능은 보잘것없었고, 그들이 만들어낸 '문'도 급조한 것에 지나지 않았다. 그들이 진정으로 괴물을 길들여서 다루는 것조차 아니었다.

비록 의식은 악에 물들고 말았을지언정, 그 힘이 지금은 미약하다는 뜻이다.

그렇다면…… 보다 확산되기 전에 막는 게 가능하리라.

'중심이 되는 하나. 교주와 같은 존재가 있을 것이다.'

과거에도 그랬다. 제사장을 죽인 다음에야 알레테이아의 신도가 늘어나지 않았다. 그러니 이번에도 숙주가 되는 하나를 죽이면 모든 게 원래대로 돌아갈 것이다.

'진정으로 알레테이아가 노리는 게 내가 가진 정수라면, 내

힘을 알고 있다면, 본체는 숨기고 힘을 기르고 있을 테지.'

둠이 말했다.

알레테이아. 버림받은 신이라고 말이다.

버림받았다. 어감상 애매한 느낌이 있었다. 하지만 정수를 노리는 걸로 보아 존재력을 상실한 것임에는 분명했다.

존재력. 신성력과는 다른 힘이다. 신의 힘이라고 표현하기도 애매한 그것. 하지만 진정한 신이 되기 위해선 존재력이 필수라고 한다.

그리고 그 존재력을 회복하고자 내 심장에 박힌 '정수'를 노릴 것이다. 그 과정에서 본체가 드러나게 되어 있었다.

"한성 님…… 이 아르켄이었나요?"

그러다가 문득 들려온 목소리에 뒤를 돌아보았다.

아.

그녀의 모습을 발견하곤 나는 잠시 멍해졌다.

'시리아.'

러시아에 있어야 할 그녀가 왜 한국에 있단 말인가?

풀잎 세 자매와 함께하고 있는 것으로 보아, 아무래도 내 정체를 확신한 듯싶었다.

"대체 뭘 하시려는 건가요?"

그녀는 최대한 자신을 억누르고 있었다. 묻고 싶은 게 많을 것인데도.

러시아의 군부를 무너뜨린 게 나다. 그녀를 데미도프 가문의 새로운 가주로 세운 것도 나다.

하지만 그것은 오한성이 아닌 온전히 '아르켄'으로서 행한 것이었다.

"착한 사람이라고 믿었어요. 그런데 겉모습뿐이었군요. 사실은 모두를 농락하고 있었던 거예요. 경합의 장에서부터……."

억눌렀지만, 그래도 억누를 수 없다는 걸 그녀도 곧 깨달았다.

아르켄이 처음 크게 위상을 떨친 건 싱크홀에서 시작된 '경합의 장'에서부터다. 그곳에서 이타콰와 함께 엘프와 인간 등의 사이에서 활약을 펼쳤다.

농락. 그리 표현해도 이상하진 않으리라.

그녀도 그곳에 있었다.

"서슴없이 사람을 죽이는군요."

"나는 너를 이해시킬 생각이 없다."

시리아. 과거의 인연이자 연인. 짧은 시간이었지만 그녀는 내게 사랑을 가르쳐 줬다. 그러니 알레테이아와 연관되길 바라지 않는다.

"나는 오로지 나의 기준에 의해 움직인다. 나를 믿으라고 강요하지 않으마. 하지만 막아서겠다면 벨 것이다."

검을 꺼내, 겨눈다.

그녀는 아직 '알레테이아'에 관한 걸 모른다.

알레테이아의 신도들을 사람으로 대하고 있었다.

착해서 그렇다. 성녀니까.

하지만 악에 먹힌 신도들은 더 이상 사람이 아니다. 사람의 탈을 쓴 괴물이다. 그들의 사냥방식은 신도가 되는 순간부터 영혼에 새겨지는 것이었다.

그것에 대해 왈가왈부할 시간이 없었다. 늦지 않았다면, 움직여야 한다. 숙주를 죽이고 신도들이 늘어나는 걸 방지해야 했다.

시리아의 표정이 굳었다. 두 눈에 눈물이 맺혔다.

"당신의 친구도 죽일 건가요? 막는다면? 그 역시 저들과 같은 부류라면?"

"민식이가…… 알레테이아의 신도가 되었나?"

침을 꿀꺽 삼킨다.

계속해서 주시하고 있었다. 경계하고 있었다.

과거의 녀석은 알레테이아의 간부였다. 갱생 불가능한 그 똥통 같은 곳에서 유일하게 바뀌려고 마음먹은 녀석이다.

내가 민식이를 믿으려고 했던 이유는, 민식이는 과거를 후회했다. 신 외에 '나'라는 선망의 대상이 있었다. 다른 알레테이아의 신도들에게선 찾아볼 수 없는 현상이었다.

그들은 신도가 되는 순간부터 과거를 후회하지 않게 된다. 감정이 무뎌지고 같은 인간에 대한 증오를 갖게 된다. 오로지 신만을 따르며, '선망'이 무슨 단어인지조차 잊어버린다.

그래서 일말의 가능성을, 희망을 갖고 있었건만…….

시리아는 부정하지 않았다.

'녀석이 악에 물들었다?'

영웅이 되고자 그리도 발악하던 그 녀석이?

"당신은 악이에요. 그런데 왜 망설이죠? 당신의 손에 묻은 피는 이미…… 헤아릴 수가 없잖아요."

시리아 역시 망설이고 있었다.

그녀의 입장에서 아르켄은 악의 화신과 같은 존재일 것이다.

하지만 오한성은 다르다. 그녀에게 오한성은 적어도 선한 이미지만 있었다. 둘이 같은 존재라곤 상상조차 못 했겠지.

스르륵.

다리가 풀린 듯 시리아가 반쯤 주저앉았다.

"어쩔 수 없었던 거죠? 그럴 이유가 있었던 거겠죠? 뭐라고 한 마디만, 딱 한 마디면 되니까."

십만에 달하는 사람이 죽었다. 군부가 무너지고, 가주가 되며 지금까지 있었던 일들보다 더한 의무가 그녀에게 주어졌다. 어깨가 많이 무거웠을 것이다.

하여, 그녀는 버팀목으로 오한성이란 세 글자를 사용하고 있었다.

나는 등을 돌렸다.

여기서 억지로 그녀를 지배해도, 그 효과가 미약할 것이다. 성녀의 혼이란 그 정도로 숭고한 것이었다. 그러고 싶은 마음도 없었지만.

"가지 마세요! 제발……!"

시리아 본인도 자신이 무슨 말을 하고 있는지 모를 거다. 악이라고 규정했으면서도 그녀는 마지막 줄 하나를 놓지 못하고 있었다.

그럴 것이다. 그녀는 정말 착해 빠졌으니까.

남을 나쁘다고 하기보다, 자신을 나쁘다고 하는 데 더 익숙하니까.

나는 그녀를 그녀 자신보다도 잘 안다.

'진흙탕 싸움은 너와 어울리지 않아.'

알레테이아와의 싸움은 진흙탕, 그 자체였다.

정보에 중요성에 대해서 재차 깨닫는 시기였다.

민식이의 마지막 행방은 아프리카였고, 그 이후의 위치에 대한 일말의 단서도 남아 있지 않았다.

만약 내가 던전에 있을 때 연락이 되어 정보 교환이 활발하게 일어났다면 이 수준에 이르기 전에 녀석을 찾아내고 최악의 경우를 막았을 것이다.

'하지만 그러지 못했다.'

녀석은 아프리카에서의 행적 이후 어둠 속으로 숨어들었고, 종적이 묘연했다.

대신 나의 등장으로 인해 자극을 받은 건 알레테이아다.

"너희에게 목소리를 보내는 자. 그가 최종적으로 가리키는 행선지가 어디냐."

"주겨…… 주겨어어어!"

어두운 동굴 안에선 비명이 울려 퍼졌다.

이미 넝마가 되어 바닥을 뒹구는 자가 많았다.

주변엔 시체가 쌓여 있었고, 인신 공양의 흔적이 넘쳤다.

이미 죽은 자들을 구할 수 없으니 남아 있는 신도들을 대상으로 나는 고문을 행하고 있는 중이었다.

서걱!

얇게, 살점을 벗겨낸다.

손톱과 발톱은 진즉에 모두 뽑았다.

고문의 고통을 이기지 못해서 죽은 신도가 이미 다수였다.

"크아아아악!"

"너희들의 사원이 어디 있지?"

"너느은…… 저얼대…… 모, 못 찾는다……."

"아니, 찾아낼 거다. 찾아서 그곳을 쑥대밭으로 만들 거다."

민식이가 사라졌다.

아마도 그들이 '사원'으로 지정한 장소에 있을 것이다.

악을 상대하려면 악이 되어야 한다.

이미 이곳에선 인신 공양이 행해졌다.

남녀노소 상관없이 수십 명을 제물로 바쳤다. 씹어 먹어도 시원치 않을 놈들.

목을 잡고 그대로 만신창이인 신도의 얼굴 가까이 다가갔다.

"커헉!"

"나는 너희가 신도가 되는 과정을 안다. 자신의 인생을 부정하는 자들. 대부분 그런 자들이 가장 빠르게 신도화되지. 자존감이 약하고, 남을 헐뜯지 않으면 살아갈 수 없는…… 너희 같은 버러지들이."

정신이 강한 자는 알레테이아에 물들더라도 어느 정도 저항하게 마련이다. 고작 몇 주 만에 사람을 벌레마냥 사냥하는 놈들은 원래부터 '그런 놈'이라는 방증이었다. 힘과 기회만 주어진다면 충분히 일을 벌일 나쁜 놈 말이다.

과거에는 그들도 인간처럼 대우해 주려고 했다.

잘못된 생각이었다.

그 안일한 생각 때문에 죽지 않아도 될 생명이 너무 많이 죽었다.

'지배 불가.'

지배가 되었다면 이야기가 편했을 텐데, 알레테이아의 신도들은 하나같이 지배자가 통하지 않았다. 알레테이아와 균열 간의 관계가 있는 게 분명했다.

빠드득!

"끄아아악! 그마아아안! 그마아아아안!"

팔을 꺾었다. 뼈가 뒤틀리며 사도가 광란을 했다.

"말하지 않아도 된다. 사원의 위치도, 너희가 따르는 그 미친 신의 존재도. 전부 쓸어버리면 그만이니."

사도의 얼굴이 경악으로 물들었다.

말한다면 일이 조금 더 간단해질 뿐이다.

말하지 않는다면, 정말로 놈들을 전멸시키면 그만이었다.

신도가 적어질수록 알레테이아의 영향력 역시 적어진다. 신도의 영향력은 결국 알레테이아의 힘이니 반드시 본체가 나오거나 무언가 액션을 취하게 되어 있다.

'민식아, 너에게 주어진 마지막 기회일지도 모르겠다.'

과거 남았던 유일한 친구.

현재에 이르러선 애증의 대상이 된, 민식이.

내 눈은 더욱 착잡하게 타들어 갔다.

정말로 녀석이 알레테이아의 신도가 되었고, 제사장이

라면.

내가 찾아갈 때까지 그 어둠을 이겨내지 못한다면…….

죽일 것이다.

최선을 다해, 뼛조각 하나 남기지 않고 없애 버릴 것이었다.

나는 언제나 그림자였다. 빛의 밑을 기어 다니는.

태양이 너무나 밝아서 그저 바라볼 수조차 없었던…… 그림자.

하지만 그림자인 채로 끝나긴 싫었다.

인생은 선택의 연속이라고 하지 않던가.

티끌 같은 내가 발악해도 그 결과는 정해져 있겠지만, 절망으로 얼룩진 이 세상에서 나는 조금이라도 달라지고자 했다.

–하지만 달라지지 않았군. 넌 여전히 벌레다.

돌아온 이후, 정말 열심히 했다. 하지만 세상은 녹록하지 않았다. 내가 바라는 위치에서 꿈꿨던 세상과 직접 그 위치에서 바라본 세상은 너무나도 달랐던 것이다.

영웅. 그 두 글자의 의미.

무거움.

그리고 희망.

모든 걸 감내해야 했다. 모두가 바라기만 하고 정작 내게 돌아오는 것은 '영웅'이란 이름뿐. 자그마한 실수는 눈덩이처럼 크게 굴려져 나를 질타했다.

이토록 불합리할 수가 있나. 이토록 이기적일 수가 있는가.

이런 걸 생각하는 것 자체가 나는 바뀌지 않았다는 걸까.

—네가 아무리 노력해도 결과는 바뀌지 않는다. 너에게 비밀을 알려주마.

곧, 세상이 바뀌었다. 균열 속으로 빨려들어 가자 어둠으로 가득 찬 세계가 펼쳐졌다.

—심연. 온갖 괴물이 살아가는 장소다.

범접하지 못할 괴물들이 수두룩했다. 인간들이 아무리 노력해도 따라잡지 못할 수준의 그런 괴물들 말이다.

그중에는 데몬로드도 있었다. 수십 마리가 득실거리며 호시탐탐 지구를 침략할 준비를 행하는 중이었다.

아아. 보자마자 깨달았다. 이길 수 없노라고.

인간이란 종의 한계였다. '종' 자체가 달라도 너무 달랐다. 한계점의 차이가 극명하니 극에 달하더라도 저 수십 마리 중 하나조차 감당할 수 없는 것이다.

알레테이아의 교리 자체가 그러했다.

희망이 없는 인간 세상을 정리하고 '그분'을 맞이할 준비를 하자.

희망이 없다는 말을 비로소 실감하게 됐다.

—하지만 저들을 이길 힘을 내가 줄 수 있다. 힘을 원하느냐?

알레테이아가 유혹했다.

유혹임을 알고 있었다.

이미 내 육체의 주도권이 넘어갔다. 반쯤 이지를 상실한 상태로 나는 '신의 흉내'를 내는 괴물들을 잡아먹고 있었다.

그 괴물들을 잡아먹으면 잡아먹을수록, 내 몸은 균열 그 자체가 되어갔다. 지금 알레테이아는 내가 남은 조그마한 부분까지 모두 넘기라는 뜻이었다. 그리하면 지구를, 사람들을 구하고 진정한 '영웅'의 길을 걷게 해주겠노라는 것이다.

-그도 결국 세상을 구하진 못했다. 너도 보지 않았느냐?

알레테이아는 내 머릿속을 헤집었다. 내 기억을 가지고 그는 자기의 것처럼 다루고 있었다.

그. 오한성.

내가 돌아온 그쪽의 세상은 어떻게 되었을까.

계속해서 진행되었다면 결국 멸망의 길을 걸었으리라.

최후의 영웅도 저 괴물들 앞에선 티끌일 뿐이었다.

하지만…….

'녀석은 인간답게 살 수 있는 세상을 원했지.'

알레테이아에게 모든 주도권을 넘기면 내가 아니라 그가 바라는 세상이 만들어질 것이다. 그리고 그 세상은 인간이 살기 매우 힘든 환경일 것임이 분명했다.

최후의 영웅은 그런 걸 바라지 않았다. 꿋꿋하게 모든 걸 이겨내며 오로지 '인간'의 행보를 걸었다.

녀석은 인간 그 자체였다.

그런데 알레테이아는 지금 '인간'을 버리라고 말한다.

–너라면 할 수 있다. 진정한 신좌에 올라, 지구를 이렇게 만든 모든 놈에게 복수를 할 수 있다. 그러지 않는다면 '위대한 별'이 강림하여 모든 인간을 불사를 것이다.

처음 보는 세상, 처음 듣는 단어. 하지만 그에게 듣자 단번에 이해가 되었다. 신기한 일이었다.

위대한 별. 그것이 지구에 강림하면 각성자가 모두 지워진다는 이야기. 평소라면 농담처럼 여겼을 것이나 그 이미지가 망막에 새겨진 순간 웃을 수 없었다.

–반대로 내용물을 일찍이 비워 텅 비어버린 그것만을 취한다면 모든 것을 좌지우지할 힘을 얻을 수 있노라. 내가 그렇게 만들어주겠다.

–억울하지 않느냐? 데몬로드들의 싸움에 인간들은 휘말린 격이다. 그들의 욕심 때문에 너는 모든 것을 잃었다. 하나 그들의 것을 빼앗는다면, 역으로 그들의 세상을 지워 버릴 수도 있으리라.

하지만 이해할 수가 없는 게 있었다.

알레테이아가 바라는 게 그러한 것이라면, 어째서 '정수'를 탐한단 말인가.

그가 말하길, '정수'는 신이 될 수 있는 그릇이라고 하였다.

–비어버린 것을 채워야 하지 않겠느냐? '정수'는 그런 역할이다. 균열 그 자체가 되어버린 신체가 '정수'를 갖게 된다면 이는 곧 허무와 같노라. 허무가 되어야만 '위대한 별'을 움직일 수 있다.

허무. 떨어진 신들의 세상.

알레테이아도 그런 존재 중 하나일까?

하지만, 이상하다. 그의 욕심이 너무나도 적나라하게 전해졌다.

더 이상 유혹이 아니었다. 이는 마치…….

'생물 같지 않은가.'

시간이 지날수록, 그의 목소리를 들으면 들을수록 과거에 내가 들었던 '그분'과의 차이점이 느껴졌다.

그분. 알레테이아의 전신, 크로노스.

시간의 신인 그는 모든 것에 초탈해 있었다. 다만, 어그러짐을 바로잡아 새롭게 정립하고 싶다는 의지만이 있었다.

한데 지금의 알레테이아는 어떠한가.

어그러짐을 더욱 크게 만들려고 한다.

정말 동일한 신일까? 목소리는 같지만, 이 역시 '내 기억'에서 끄집어낸 것일 수도 있지 않나.

–의심하지 말지어다. 너에게 주어진 사명을 기억해라. 또

다시 어둠 속으로 기어들어 가고 싶느냐?

맞다. 다시 그림자가 되긴 싫었다.

나는 언제나 태양이 되기를 바랐다. 그러기 위해서 움직이고 있었다.

-'정수'를 가진 인간이다. 그를 죽이고 '정수'를 빼앗아라. 그리하면 너는 보다 완전무결해질 수 있으리라.

또 다른 이미지가 머릿속에 떠올랐다.

이미지?

아니다. 사도의 망막에 새겨진 '그'의 모습이었다.

"사, 살려줘! 제발!"

"너희의 본신은 어디 있지?"

"난…… 나는 몰라! 모른다고! 아아악!"

사도들은 모진 고문을 당하고 있었다. 그들의 망막에 새겨진 모습은 너무나도 잔인한 것이었다.

피가 난무하고, 육체가 부서진다. 그리고 그를 행하는 남자는 폭력 그 자체였다.

이윽고 사도가 죽었다.

그 주변에는 벌써 열 구가 넘는 시신이 즐비했다.

"'알레테이아'와 관계된 모든 것은 죽는다. 작은 씨앗 하나 남기지 않을 것이다."

마치 주문처럼 그가 되뇌었다.

이윽고 그가 사도의 눈을 정면으로 바라보았다.

나는 경악했다.

'오한성……!'

-그를 죽여라. 그를 죽여야만 네가 살 수 있다. 또한 세상을 구할 수 있다. 그는 '악' 그 자체이니. 그가 바로 데몬로드다.

나는 착실하게 녀석을 추적해 나가고 있었다. 그저 무자비하게 사도들을 죽이고만 있는 게 아니란 뜻이다.

'죽기 전에 사도들이 내뿜는 기억.'

관리자의 권한. 나는 감정이 격렬해지면 상대의 기억을 엿볼 수 있다.

그리고 사람이 가장 강렬한 감정을 보일 땐, 바로 죽기 직전이었다.

사도가 죽으며 남긴 기억을 바탕으로 나는 그들의 '사원'을 추적해 나가는 중이었다.

얼핏 그 윤곽이 잡혔고 이제 겨우 한 걸음 남았을 뿐이다.

'놈은 가짜다. 놈은 신 따위가 아니다.'

그리고 사도들의 기억에는 그들이 '악'과 접선했을 때의 모습도 담겨 있었다.

처음에는 '절대악'의 상징으로 보였으나, 알레테이아가 신도들을 조종하고 유혹하는 모습은 '신'이라고 하기엔 거리가 있었다.

그리고 나는 그 모습을 예전에 한 번 본 적이 있다.

'유서희.'

처음 유서희를 만났을 때.

나는 소녀의 안에 잠든 가짜를 보았다.

몽마!

꿈에 기거하는 악마. 결코 신이라 칭할 수 없는 기생충.

'그와 비슷하다. 몽마보다 조금 더 격이 있으나 그뿐.'

둠은 그를 버림받은 신이라고 했다. 하지만 이는 앞뒤가 맞지 않는 말이다. 신은 스스로 버릴지언정 결코 버림받을 수 없는 존재니까.

오늘 그 말의 진정한 의미를 깨달을 수 있었다.

'그는 신이 아니기에 버림받은 것이다. 신의 흉내를 내었기에 사실을 안 자들이 그를 버린 것이다.'

둠이 말할 때의 그 미묘한 웃음이 이제야 이해되었다.

가짜 신을 먹는 가짜라. 진짜가 되고자 발악하고 있었다.

하나 확실한 건.

'진짜 알레테이아와 관계가 있다는 것. 아주 무관하진 않

은 존재라는 것.'

아니라면 알레테이아의 이름을 알 리가 만무했다. 그 이름은 심연에도 없는 것이었으므로.

그러니…… 알아내야겠다.

가짜가 어째서 진짜가 되려고 하는지.

알레테이아의 이름은 어떻게 알게 되었는지.

조금 더 강력한 녀석이지만, 거의 진짜에 근접한 가짜인 것은 분명했지만…….

어쩌면 나와 민식이를 과거로 돌려보낸 존재는 지금 이 사태를 일으킨 녀석과는 또 다른 신일지도 모르겠다.

어쩌면, 민식이만은 그 진정한 신의 존재를 알고 있겠지.

'먹히지 마라.'

누가 가짜고 누가 진짜인가.

진짜를 가리기 위한 싸움이 시작되었다.

"알았으면, 달라졌을까요?"

유서희가 말했다. 소녀는 다부진 얼굴로 허리에 팔을 두른 채 시리아를 바라보고 있었다.

"제가 말 안 했다고 해도 선생님은 선생님이잖아요? 그리고 언니는 선생님을 그저 자신의 입맛에 맞게 '착각'하고 있었던 거고요."

"하지만, 그는 아르켄이라는 가면을 쓰고 있었잖아."

"그건 배려라고요. 선생님이 한국인의 신분으로 그 난리를 쳤으면 우리나라가 완전 산산조각이 났을 걸요?"

"그 난리를 쳤다는 게 중요하지 않을까?"

"언니, 생각해 보세요. 러시아 군부들, 언니 앞에서 제가 이런 말 하긴 그렇지만요. 완전 썩은 물이었잖아요? 게다가 인체 실험에 관해선 알 사람은 다 안다구요."

시리아는 할 말을 잃었다.

그녀는 유서희를 찾아가 이야기를 듣고 있었다.

오한성. 그에 대해서 말이다.

그래, 명분이 없지는 않다.

러시아를 쑥대밭으로 만든 이유는 '인체 실험' 때문이었다.

"그거 가만히 놔뒀으면 그네들이 무슨 짓을 저질렀겠어요? 전쟁의 양상이 인간 대 괴물이 아니라 인간 대 인간이 되었으면 어떻게 됐겠어요? 완전 재앙이죠."

"그렇다고 10만 명이나 죽인 건……."

"그건 좀 막 나가긴 했네요. 역시 선생님. 야성미가 넘치셔."

유서희는 오한성에 대해 제대로 콩깍지를 쓰고 있었다. 그가 불을 물이라고 해도 믿을 수준이었다.

이윽고 유서희가 어깨를 으쓱하며 검지를 흔들어 보였다.

"하여간 말이죠. 그만큼 죽이지 않으면 이만큼 이슈가 되지도 않았을 거라고요. 수뇌부를 죽여도 그들을 대체할 인력은 넘쳐 나니까요. 덕분에 인체 실험이 국제적으로 금지되었잖아요?"

"그럼…… 의미 있는 죽음이었다고?"

"죽은 사람 입장에선 억울하겠죠. 저라도 억울할 거 같은데. 이건 받아들이기 나름이라고 봐요. 언니의 시선이 막 틀렸다는 건 아니고요. 서로의 의견이 다를 뿐이죠. 그래도 그냥 '악'으로 취급하기엔 선생님의 입장이 억울한 감이 없지는 않다는 거죠!"

입장이 다르다. 틀린 게 아니라, 다르다.

유서희도 시리아를 이해했다. 10만 명을 학살한 대상에 대하여 받아들이는 입장마다 견해가 다른 건 당연한 법이었으므로.

"언니는 그래서 선생님이 가짜라고 생각하세요?"

"가짜라니?"

"언니가 생각한 선생님과 새로 알게 된 선생님이 너무 다르잖아요. 그럼 가짜 아니겠어요?"

가짜?

가짜와 진짜에 의미가 있는 걸까.

"……그런 게 중요한 게 아니라고 봐."

"맞아요. 언니가 어떻게 보느냐가 중요한 거죠. 언니, 선생님 좋아해요?"

"그건 왜?"

"제가 좋아하니까요. 흐흐, 경쟁자 없어지면 저도 좋죠. 안 그래도 우리 선생님 주변에 여자가 너무 많아요! 초기에 꽉 안 잡으면 분명 바람피우고 다닐 거야."

"모르겠어. 그래도…… 고마워. 덕분에 조금은 정리가 된 것 같아."

"그럼 이제 어쩔 거예요? 방관자? 아니면?"

"그가 무슨 생각으로 살아왔고, 앞으로 뭘 할지 알아야겠어. 그저 방관하고 있지는 않을 거야."

"아무리 봐도 좋아하는 거 같은데."

"아냐. 아직은, 아니야."

"아직은? 우씨, 언니가 경쟁자면 자신 없는데. 괜히 얘기해 줬네!"

시리아가 작게 웃었다.

유서희도 마주 보며 웃어 보였다.

그는 희망이었다.

그는 빛이었고, 우물 안 개구리인 내게 유일하게 바깥을 보여주는 존재였다.

"오한성."

그 이름을 되뇌었다.

알레테이아가 죽이라고 한 남자.

그의 이름이자, 자신의 친우였던 사람.

한데 알레테이아는 그를 '악'이라고 한다. 그가 정수를 갖고 있으며, 그가 데몬로드라고.

말이 되는 소리인가?

'너는 그의 이름을 꺼내선 아니 되었다.'

내게 유일한 결점이 있다면.

그것은 욕심도, 나 스스로의 나약함도 아니다.

오한성. 그 세 글자가 내게 최대로 작용하는 약점이었다.

"너는 아직 죗값을 치르지 못했다. 지금 죽는 건 너무 불공평해."

그때의 눈이 지금도 잊히지 않는다.

나는 아주 많은 죄를 저질렀다. 알레테이아의 간부는 아무나 할 수 있는 게 아니므로.

하지만 그날, 신에게 응답하고자 나는 알레테이아의 '제물'로 선택되었다.

그리하여 죽음이 확정되어 있었음에 녀석은 매우 슬퍼했던 것이다.

'나 스스로가 원해서 제물이 된 것이다. 과거로 도피하기 위해…… 한성이는 현재의 삶을 살라고 했지만.'

그런 그가 데몬로드라고?

어처구니없는 일이었다. 현세를 위해 헌신한 녀석이 데몬로드라면 세상에 악하지 않은 자가 없을 것이다.

알레테이아는 내 '기억'을 읽을 뿐, 나의 감정마저 읽는 것은 아닌 듯했다. 읽었다면 결코 오한성이란 이름을 꺼내지 않았을 테니까.

오한성의 이름을 듣고, 모습을 본 순간부터 나는 깊은 잠에서 깨어났다. 그제야 나 스스로가 얼마나 무력하고 얼마나 나약했는가를 깨달았다.

'나는 약하다.'

그처럼 영웅이 되고 싶었으나, 그것만으로는 부족하다는 걸 알게 되었다.

더욱 절실해야 했다. 하지만 다른 존재의 힘을 빌리는 건 어불성설이다. 나 스스로가 노력하여 영웅이 되지 않는다면, 모든 게 부질없는 것을.

'세상은 멸망을 향해 달려가고 있다. 그래. 어쩌면 아무리 노력해도 불가능할지도 모르지.'

심연 속 괴물들.

그들 모두를 처치하는 건 불가능할지도 모른다.

하지만, 소수점 이하의 가능성이라도 있다면, 도전해야 인지상정이다. 하나 내가 괴물이 된다면 결국 똑같은 과오를 반복할 뿐이다.

하나…… 그는, 녀석은, 끝까지 인간이 되고자 했다.

죽어도 인간으로 죽고자 했고, 오로지 인간을 위해 헌신했다.

나는 다시 상기했다.

'그처럼 되고 싶었다.'

그 꿈은 아직도 변하지 않았다.

오히려 지금 이 순간 더욱 강렬해졌다.

나는 여태껏 아집에 사로잡혀 알을 깨지 못하고 있었다.

하지만 언제까지고 알 속에 갇혀 있진 않을 것이다.

'이제 알을 깨고 나갈 시간이다.'

알레테이아에 대한 정보가 확산되면 확산될수록, 그 피해가 늘어나면 늘어날수록 세계는 긴장했다.

멀쩡하던 옆집 사람이 어느 날 갑자기 사도가 되어 '문'을 열고 괴물을 소환한다.

그들은 인간에 대한 맹목적인 적의를 갖게 되는데, 결코 정상적인 상황이라 할 순 없었다.

하물며 최상위의 지도부가 '사도'가 된다면 어떤 재앙이 벌어지게 될까.

"하하하, 반갑습니다. 아르켄 님. 무척 보고 싶었습니다."

다수의 버그베어를 소환한 남자를 쳐다봤다.

7레벨 상급의 괴물.

세상에서 가장 흉악한 곰의 형태를 띤 괴물이다.

군복을 입고 있는 남자의 가슴엔 별 세 개가 늘어서 있었다. 중장. 현대사회로 치자면 능히 1인 군단이라 칭할 수 있는 남자지만 자신의 별장에서 버그베어를 사육하고 있다는 사실은 아무도 모를 것이다.

"아르켄 님을 초대한 이유는 별게 아닙니다. 저와 거래하지 않겠습니까? 비록 저는 알레테이아의 사도가 되었지만, 다른 사도들처럼 멍청하진 않습니다."

하물며 다른 사도들과 달리 이성도 있다. 사람들을 사냥하지 않고, 조용히 뒤에서 자신의 무대를 만드는 사람. 이런 자들이 과거에도 있었다.

'그들은 보통 간부가 됐지.'

지금 내 눈앞에 간부의 재목이 있는 것이다.

그는 대담하게도, 내게 직접 '초대장'을 보냈다.

"그래도 네가 사도라는 건 변하지 않는다."

검을 들어 그의 목에 겨눴다. 이들을 사냥하는 데 명검은 필요 없다.

"거래 내용은 들어보셔야 하지 않겠습니까? 아마 아르켄 님도 무척이나 흥미가 동하실 겁니다."

중장은 자신이 있다.

희끄무레한 머리칼과 그 당찬 표정은 과연 여타 사도들과는 달랐다.

하지만 결국 악의 유혹에 당한 자다. 막 검으로 목을 날려 버리려는 찰나.

"김민식. 그에 관한 겁니다. 어쩌면 알고 계실지도 모르겠군요. 그가 차기 제사장으로 알레테이아 님에게 간택되었음을."

눈썹을 구겼다.

차기 제사장.

설마, 설마 했지만 설마가 사람을 잡아먹었다.

김민식. 녀석이 정말로 제사장의 길을 걷고 있을 줄이야.

하지만 중장의 표정엔 못마땅함이 가득했다.

"실은 그가 제사장 자리에서 며칠 전에 박탈되었습니다. 이제는 우리의 골칫덩어리가 되었죠."

뭐라고?

제사장의 자리에서 박탈되었다고?

멀쩡하던 제사장이 갑자기 박탈될 리 만무했다.

'어쩌면.'

만에 하나, 녀석이 그 강력한 몽마를 이겨냈다면?

그러면 박탈을 고려할 만했다.

중장이 자신의 가슴을 툭툭 쳤다.

"저는 그의 제거를 아르켄에게 의뢰하고 싶습니다. 그래서 제가 차기 제사장의 자리에 오른다면, 지금 벌어지고 있는 그런 일들이 앞으로는 절대로 벌어지지 않도록 막아드리지요."

"내가 그 의뢰를 받아야 할 이유가 하나도 없군."

"저희의 신을 죽이지 않는 이상, 알레테이아와 그 신도들은 사라지지 않습니다. 이미 그 씨앗이 지구 전역에 뿌리를 내린 지금은 말입니다. 그대는 정의의 사도가 아닙니까? 진정한 정의의 사도는 가끔 악과도 손을 잡아야 하는 법입니다."

맞는 말이다.

악은 사라지지 않는다.

하물며 이미 한번 뿌리를 내렸다면, 그 지속력과 생명력은 토가 나올 정도다.

하지만 형태는 바꿀 수 있다. 최악을 피해 차악과 손을 잡는 것이다. 예컨대 지금 내 앞에 있는 중장과 손을 잡는다면,

확실히 알레테이아의 모습이 과거와는 달라질지도 모른다.

'노련하군.'

이 남자는 노련하다. 나이를 거꾸로 먹지는 않은 모양.

사람을 다루는 법을 안다. 자신감도 있고.

"하물며 그게 말이 통하는 악이라면…… 하지만 지금 김민식이 존재하는 이상 우리는 차기 제사장을 뽑을 수가 없습니다. 이대로 혼란이 계속되면 나라 몇 개쯤은 간단하게 날아가 버릴 겁니다."

"그래서 모든 사도가 그를 노리고 있는 거로군."

최근 며칠, 사도들의 움직임이 달라졌다.

나를 노리다가 목표를 바꾼 것이다.

살짝 의문이 있었는데, 이런 이유일 줄이야.

"자, 아르켄. 나와 손을 잡읍시다. 그대가 우리를 적대하는 이유는, 우리가 결국 사람들을 공격해서가 아닙니까? 저는 그대에 관해 제법 많이 공부했습니다. 그대는 자신만의 '선'이 뚜렷하지요. 신념이라고도 할 수 있을 겁니다."

중장은 나를 무척이나 잘 안다는 태도로 말을 하고 있었다.

그가 이어서 말했다.

"그대는 스스로를 정의의 사도라고 생각하고 있습니다. 엄밀히 말하자면, 다크나이트라고 할 수 있겠군요. 주변의 이목 따윈 신경 쓰지 않습니다. 그대가 움직이는 원동력은 단 하나, 스스로의 희생정신."

중장의 눈매가 가늘어졌다.

"자신을 마모시켜 세상을 바꾸겠다는 의지가 느껴지더군요. 하지만 아르켄. 혼자서 세상을 바꿀 수는 없습니다. 이대로 가면, 그대는 3년 내로 자살하거나 비참하게 죽을 겁니다. 그런 친구를 몇몇 봐왔기에 알 수 있습니다."

현실과 이상의 차이.

중장은 그렇게 말하고 있는 것이다.

하지만 중장은 모르는 게 있었다.

나는 이미 그러한 과정을 몇 번이나 넘어왔다는 것을.

"자, 거래합시다. 그대는 더 많은 걸 배워야 합니다. 힘이 있으나 철없는 어린아이와 같아요. 하지만 저희 둘이 함께라면, 더 좋은 세상을 만들 수 있을 겁니다. 그대의 꿈에 저도 동참하지요."

중장이 손을 내밀었다.

너무나도 자연스러워서 어지간한 사람이라면 저도 모르게 손을 맞잡았을 것이다.

하지만, 나는 조용히 그의 손을 그었다.

촤악!

"커헉……!"

그가 재빨리 손을 뺐지만 이미 손목 아랫부분은 잘려 나간 뒤다.

회귀한 이후, 나는 영웅의 길을 버리려고 했다. 데몬로드라는 악과 타협하여 아예 판도를 바꾸고자 하였다.

그러나. 그랬던 건가.

나는 진짜로 '영웅'이란 두 글자를 버리지 못했던 걸까.

"왜, 왜 그러는 겁니까? 이대로 혼란이 계속되게 놔두려고 그러는 겁니까? 아르켄, 그대가 여태껏 걸어온 노선과 너무 다르지 않습니까?"

"나는 누가 나를 재단하는 걸 무척 싫어한다."

"그, 그럼, 그런 태도를 버리지요. 하지만 이대로 저를 죽여도 바뀌는 건 없습니다. 반대로 저를 살리면 분명히……!"

"나쁜 놈들은 항상 좋은 말만 하지."

단점은 말하지 않고, 장점만 어필한다.

나쁜 놈들의 특징이다.

그리고 지금 중장의 태도가 그렇다.

그가 정말 제사장이 되어 힘을 얻는다면, 분명히 앞뒤가 달라질 것이다. 아니면 교묘하게 남을 속이려 하겠지.

나는 그런 자들과는 거래하지 않는다.

천천히, 검을 들었다.

무엇보다…….

"나를 공부했다는데 나를 너무 모르는군."

나는 작게 웃었다.

김민식. 그 세 글자에 담긴 애증과 나는 이미 오랜 시간 나 스스로를 마모시켜 왔다는 걸 그는 모르고 있었다.

하기야.

알 수가 없었겠지만.

–충격! 알레테이아의 실체를 말하다.

–김민식. 그는 정말 알레테이아의 제사장인가?

–괴물을 잡아먹는 모습이 공개되다.

–세기의 추격전.

–아포칼립스 길드 와해 위기.

–김민식, 세계에서 가장 많은 현상금이 걸린 현상 수배범이 되다.

알레테이아뿐만이 아니다.

그날 이후 김민식은 세계 전체에 쫓기기 시작했다.

비밀리에 존재했던 CCTV가 흘러 나가며 김민식이 괴물을 포식하는 장면이 적나라하게 세계에 퍼졌고, 그를 같은

'인간'의 범주에 두지 않으려는 움직임이 생겼다.

모든 게 조직적이었다.

알레테이아에 속한 신도들이 영향력을 끼친 게 분명했다.

더불어 사로잡힌 몇몇 신도들이 '김민식이 우리의 제사장이다'라는 말을 하며 그의 주가를 올리는 데 헌신했다.

진짜인가, 가짜인가.

그런 건 아무래도 상관없었다.

알레테이아가 사람들을 습격하고 그들에 대한 불신은 이미 하늘까지 치솟아 오른 상태였다. 사람들은 맹목적인 악의를 그에게 집중시켰다.

"하악, 하악……!"

산속을 달렸다.

벌써 몇 명을 죽였을까. 얼마나 많은 괴물을 없앴던가.

하지만 끝이 없었다.

헤일처럼 들이닥치는 알레테이아의 신도들과 그의 현상금을 노리고 달려드는 사냥꾼의 숫자가 이 주변에만 기백에 달했다.

-지금이라도 늦지 않았다. 나를 따르라. 내게 헌신하라. 그리하면 모든 게 바뀔 것이다.

"닥쳐! 넌 내 안에 갇혀 있는 작은 괴물에 불과하다. 괴물 따위가 나를 지배할 순 없어!"

김민식. 그는 알을 깼다.

그러자 그의 안에 잠들어 있던 악이 그 알에 갇혔다.

갇혀서 발악을 하고 있는 거다. 계속해서 그를 유혹하며.

하지만 그는 악을 이겨냈고, 도리어 그의 힘을 탐하며 강해지고 있었다.

"너는 내게 힘을 빼앗기고 있다. 주도권은 내게 넘어왔어. 이 상황만 넘어서면…… 너는 사라진다. 가짜 놈!"

-너의 말이 맞다고 치자. 하지만 혼자서 무엇을 할 수 있다는 거냐? 너는 세계의 적이 되었다. 아무도 너의 말을 듣지 않을 것이다.

맞다. 그는 순식간에 혼자가 되었다.

매스컴에서 연일 그에 대한 뉴스가 흘러나왔다.

어느 도시를 가도, 그는 자신의 모습을 감출 수밖에 없었다.

조금이라도 행적이 발각되면 이처럼 많은 적이 출몰한다.

'아포칼립스 길드와 연락을 하면 순식간에 들통이 날 거다. 순식간에 와해돼 버릴 거야.'

아포칼립스 길드에 연락을 하지 않는 이유다.

아포칼립스 길드는 그가 세운 희망 그 자체.

오점으로 남아선 안 된다.

이 문제를 해결한 다음, 그다음에 해야 했다.

그러기 위해선 시간이 필요하다. 이놈. 이 가짜 '알레테이아'를 모두 흡수할 시간이 말이다.

"저기 있다! 저기 김민식이 있다!"

누군가가 외쳤다.

그 목소리는 메아리가 되어 산속 전체에 퍼졌다.

'제기랄!'

그는 혼자다. 철저하게 혼자였다.

혼자서 이 상황을 타개해야 했다.

-지금이라도 늦지 않았다. 홀로 외로운 싸움을 하다가 죽을 것이냐? 네가 그토록 바랐던 영웅과는 무척이나 거리가 멀지 않은가.

애써 그 말을 흘렸다.

동시에 그의 가슴 부근에서 갈비뼈들이 살점을 뚫고 튀어나왔다. 모든 갈비뼈가 마치 갑옷처럼 그를 감싸기 시작했다.

'새로운 힘.'

여태껏 죽지 않을 수 있었던 이유.

하지만 그마저도 빠듯하다. 어떻게든 이곳을 빠져나가야 했다.

할 수 있을까?

김민식이 이를 악물었다.

# 46장
# 데몬로드

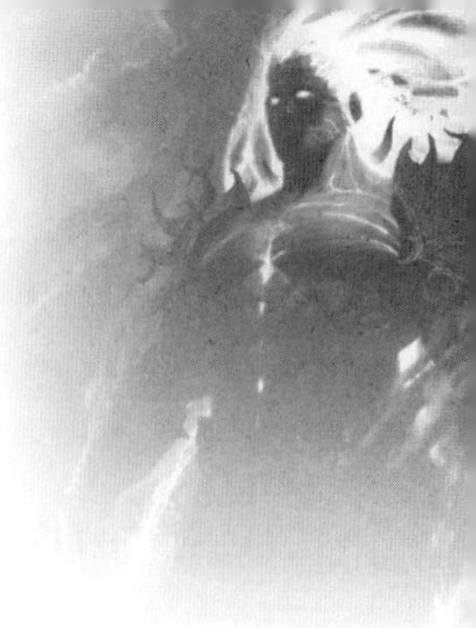

용병들이 모였다. 그 숫자만 자그마치 200명에 달하는 그들은 모두가 각성자로 난다 긴다 하는 실력자였다.

“놈은 독 안에 든 쥐다. 우리가 먼저 잡아야 돼.”

“미국 전역을 공포로 몰아넣은 오사마 빈라덴의 현상금이 5,000만 달러였어. 그런데 지금 우리 앞에 있는 놈은 얼만지 알아?”

“7,000만 달러랬지?”

“……다시 들어도 어마어마하군.”

7,000만 달러!

한화로 환산해도 800억에 달하는 어마어마한 규모다.

현상 수배범이 알레테이아의 교주라는 이야기가 돌고 있

는 것도 이해가 되었다.

하지만, 그럼에도 이해가 되지 않는 부분이 있었다.

알레테이아가 발족한 지 고작 한 달이 조금 넘은 시점. 그 사이에 알레테이아의 신도들에 의해 죽은 사람만 추정키로 100만에 달한다고 한다.

엄청나게 많은 사람이 죽기는 했지만, 7,000만 달러라니.

악의적인 개입이 없지 않은 이상 책정될 수 없는 금액이었다.

전 세계의 이름난 용병들이 대거 모여든 이유이기도 했다.

"휘유! 그나마 경쟁자들 모두가 황천으로 가서 다행이네요."

그들의 주변엔 시체가 즐비했다.

날카로운 꼬챙이 같은 것에 관통당한 상처들.

동종 업계의 용병들이었다. 모두가 그에게 살해당한 것이다.

하지만 탐색 계열 스킬을 가진 용병들의 대장이 한 지점에서 떨어진 피의 맛을 보곤 고개를 끄덕였다.

"놈은 상처를 입었다. 아마도 중상이겠지. 고작 며칠 사이에 혼자 500명을 넘게 죽인 것도 어마어마하다만…… 조심하도록. 상처 입은 맹수가 더 무서운 법이니까."

"그래봤자 우리 '레드 테일'의 상대가 되겠습니까? 겨우 혼자인데요."

레드 테일!

그 단어를 입에 담은 용병에게선 자부심이 느껴졌다.

입단 테스트부터가 까다롭기 그지없고, 종합 능력치 250 이상이 아니면 아예 자격조차 주어지지 않기 때문이다.

뿐인가. 특별한 스킬, 혹은 직업을 갖고 있어야만 겨우 명함이나 내밀 수 있다. 그들은 주로 괴물을 사냥하지만 현상범들을 소탕하기도 했다.

레드 테일의 명성은 세계 전역에 퍼지고 있었고, 알레테이아의 교주라는 놈을 사냥하며 더욱 상승세를 탈 것이었다.

"자만하지 마라. 놈은 이 주변에 있다. 이 주변 지형을 숙지하고 천천히……."

퍼억!

순간, 용병들을 이끌던 대장의 얼굴이 잘려 나갔다.

정확히 반 토막이 나며 툭! 소리와 함께 잘려 나간 부분이 바닥에 떨어졌고, 신체가 무너지며 순식간에 황천길을 건넜다.

"적이다!"

"주변을 경계해!"

하지만 이들은 레드 테일이었다. 한 명이 죽었다고 당황하지 않았다.

~~슈우우욱~~!

푹!

멀리서 날아온 날카로운 뼈의 부메랑. 그것이 바람을 가르고 날아올 때마다 시체 한 구가 늘어났다. 하지만 부메랑은 그 특성상 다시 돌아오는 법.

"저기다! 저기 있다!"

"넓게 퍼져! '놈'이다!"

숲속이 바스락거리며 그 안에 숨어 있던 인영이 움직이기 시작했다.

그.

알레테이아의 교주라고 칭해지는 자, 김민식!

그는 사냥을 당하기보다 자신이 먼저 사냥을 하러 내려온 것이다.

하나 우두머리를 죽였지만 199명은 건재했다.

반면 김민식은 전신에 온갖 상처가 남아 있었다.

"적은 고작 한 명이다! 놓치지 마라!"

"대장의 복수를!"

"죽여!!"

분노에 취한 용병들이 미친 듯이 달려들기 시작했다.

"끄윽……."

비좁은 토굴 안. 그 안에서 김민식이 배에 박힌 쇳덩이를 뽑으며 이를 악물었다. 그러곤 빠르게 오른손에 불꽃 마법을 두르고 뚫린 배를 억지로 지졌다.

어마어마한 고통에 전신에서 식은땀이 줄줄 흐르고 정신이 아득해졌지만 참아냈다. 이후 지혈이 끝난 다음에야 토굴의 벽에 등을 대고 거친 숨을 몰아쉴 수 있었다.

"헉, 헉! 빌어, 먹을."

레드 테일. 그가 그들을 모를 리 없다. 유수의 용병들이며 용병 업계에서 세 손가락 안에 들어가는 강자들의 집단.

그들이 자신을 사냥하러 온 것이다. 과연 혼자서 그들 모두를 상대할 순 없었다.

20명가량을 죽일 수는 있었지만, 그도 죽을 뻔했다. 멀쩡한 상태였어도 힘들긴 했겠지만 이미 중상을 입었던 상태인지라 도망치는 것 외엔 할 수가 없었다.

'스킬은 마력이 들어. 원거리에서 공격하는 건 위치를 발각당하기 쉽다. 이래저래 좋은 상황은 아니로군.'

같은 사람들에게 쫓기는 날이 다시금 오리라곤 상상도 못했다. 그나마 가짜 신의 힘을 흡수한 상태라 지금까지 버틸 수 있었다. 하지만 그것도 한계였다.

'회복되는 것보다 소모되는 속도가 더 빠르다.'

이곳은 어딘가의 산맥이었다.

정처 없이 도망을 치다 보니 어디가 어딘지도 모르겠다.

하지만 이 산맥에 있는 '적'은 기천에 달했다. 몇 명이 있을지 감도 안 잡혔다. 레드 테일은 그중 하나일 뿐이었다.

'오늘이 고비겠군.'

직접 판 토굴의 아래에서 고개를 들자 보름달이 보였다.

상처가 너무 심하다. 칼이 복부를 꿰뚫으며 장기를 건드린 모양이었다. 억지로 봉합은 했다지만 이미 출혈이 있는 상태로 너무 오랜 시간 움직였다.

정신이 조금씩 멀어지는 것 같았다.

이대로는 오늘 새벽이 고비다. 그는 도망치며 하루에 1시간 이상을 자본 적이 없다. 그런 생활이 벌써 10일이 넘도록 이어지고 있었다.

–힘을 넘겨라. 내게 충성해라. 너를 살려주마.

게다가 계속해서 이런 개소리나 듣고 있어야 하니, 정신적 피로감이 상상을 초월할 수준이었다. 김민식. 그가 평범한 사람이었다면 진즉에 자살했을 것이다.

'조금만, 30분만…….'

마음 편히 자보고 싶었다. 잠이라는 게 이토록 절실한 것일 줄이야.

그간 몇 명을 죽였더라?

이백이 넘은 순간부터 굳이 헤아리지 않았다. 그들의 원혼이 주변을 둥실둥실 떠다니며 자신을 왜 죽였냐고 묻는 것만 같았다.

“찾았습니다! 이 주변입니다!”

“샅샅이 수색해! 오늘 밤, 놈을 죽인다!”

바깥에서 익숙한 목소리들이 들렸다.

레드 테일.

그 유수의 집단이 자기 하나를 잡자고 모두 동원된 것이다.

픽, 웃음이 나왔다.

‘나도 출세했네.’

이제야 실감이 난다. 거물이 되었음을. 아포칼립스 길드를 이끌 때는 이런 실감이 적었다. 자극이 부족했기 때문일까.

하지만 이미 정신은 멀어지고 있었다.

지구력으로 극복할 수 있는 한계를 넘어선 것이다.

‘움직…… 여야 되는데…….’

그대로 몸이 굳은 채, 김민식은 눈을 감았다.

“어? 뭐, 뭐야!”

“끄아악!”

“다, 당신이 왜 이곳에! 씨발!”

무수한 단말마를 들으며, 그가 의식을 종료했다.

꿈을 꿨다. 무척이나 오랜만에 꿈을 꾼 기분이다.

하지만 정신이 들었을 때, 무슨 꿈을 꾸었는지 잊어버렸다.

원래 꿈이란 게 그런 거지라고 생각하기엔 무척이나 그립고 슬픈 느낌이 들었다.

'살아 있는 건가?'

하지만 꿈을 되새길 시간도 없었다.

숨을 쉬는 자신의 모습을 발견하고 김민식은 눈을 동그랗게 떴다.

주변을 둘러보자, 여전히 토굴 안이었다.

'발견을 못 한 건가?'

살아 있었다.

하지만 이상했다.

탐색 계열 스킬로 주변을 스캔했다면 거의 죽어 있는 상태라고 하더라도 걸려야 한다. 고작 토굴 따위를 발견하지 못할 용병들이 아니었으므로.

토굴 위로 머리를 올렸다.

그와 동시에 그의 눈이 휘둥그레졌다.

'……레드 테일!'

대략 200구에 가까운 시체가 주변에 늘어져 있었다.

그들 대부분이 레드 테일이었다.

아닌 자도 몇몇 보였지만, 자신이 잠든 사이에 몰살을 당한 것이다.

대체 왜? 무슨 일이 있었기에 그들이 몰살을 당한 걸까.

급히 토굴 위에서 올라온 김민식이 시체들을 살폈다.

'검에 당했군. 주먹에 당한 자들도 있고. 하지만 한 명이 일으킨 참극이다.'

동일한 사람이 이들을 죽였다. 전율이 일었다.

사람이 어떻게 그게 가능하단 말인가.

그도 가짜 신의 힘을 얻은 지금에야 이런 일이 가능해졌다. 그러나 자기가 죽는다는 사실조차 모르게 죽일 수는 없다.

대부분의 시체가 눈을 뜨고 있는 걸 보면 확실했다.

'누가? 왜?'

경쟁자를 제거하려는 거였나?

자기 혼자 현상금을 독차지할 목적으로?

그러나 그는 아직 살아 있었다. 자기 두 발로 멀쩡히 걸어 다니고 있었다. 아니면 피에 취한 미치광이라도 나타났단 말인가?

툭.

작은 발걸음 소리. 고개를 돌리자 전신에 피를 칠한, 갑주를 입은 자가 그곳에 있었다.

"아르켄."

아르켄. 그다. 러시아에서 10만 명이 넘는 군인을 살해하고, 온갖 괴물을 죽이며, 그 정체조차 알 수 없는 미지의 존재.

괴물. 김민식은 한때 그가 알레테이아의 회귀자라고 생각했다. 예컨대 전대 교주 말이다.

하지만 자칭 알레테이아를 손에 넣으니 알겠다. 저자는 알레테이아와 관계가 없다. 적어도 교주나 신도는 아니었다.

그렇다면, 회귀자 역시 아닐 가능성이 있었다.

"당신이 나를 구한 건가?"

꿀꺽!

침을 삼켰다.

확실한 건 진정으로 괴물이 있다면 그라는 거다.

가짜 신조차도 긴장을 하고 있었다. 본능이 적대하지 말라며 경고하고 있었다.

"너는 누구지? 왜 이런 짓을 저지른 거지? 나한테 걸린 현상금을 노리는 것 같지는 않은데."

아르켄이 돈에 구애된다는 이야기는 들어본 적도 없다. 그의 움직임을 세계가 주시했지만 누구도 접선조차 하지 못한 게 아르켄이었다.

아르켄은 천천히 등을 돌렸다. 그리고 걷기 시작했다.

"따라오라는 거냐……?"

김민식이 눈을 깜빡였다.

대관절 아르켄의 저의를 알 수가 없었다.

다시금 식은땀이 삐질 났다.

산을 내려가며 보이는 무수한 시체.

몇백 단위가 아니다.

천이 넘었다.

'미친!'

인간 백정이 따로 없었다. 한 치의 자비조차 없는 손길로 그들을 죽였을 걸 생각하니 소름이 돋았다.

자신은 쫓기느라 어쩔 수 없었다지만, 아르켄은 대체 왜 저들을 모조리 죽인 걸까?

하나 짐작은 갔다.

'그가, 나를 구했다.'

무슨 이유에서인지는 모르겠지만.

그가 자신을 구한 건 확실했다. 그래서 더욱 경계심을 가졌다.

크릉! 크르릉!

산의 아래로 내려가자, 거대한 백색의 용이 있었다.

아르켄의 전매특허라 할 수 있는 용. 이타콰!

못 본 사이에 그 크기에 어지간한 언덕보다 커져 있었다. 족히 30m는 될 것 같지 않은가.

"타라고……?"

아르켄이 백색의 용의 위에 올랐다.

그리곤 뻔히 그를 쳐다봤다.

김민식은 입술이 바짝 마르는 느낌과 함께 용의 뒤에 올랐다.

어쨌거나, 지금은 아르켄을 따를 수밖에 없었다. 김민식. 그에겐 시간이 필요했으므로.

툭!

이어 등 뒤에 오르는 즉시, 목이 따끔해지며 김민식의 전신이 늘어졌다.

김민식을 기절시킨 아르켄은 한동안 그를 쳐다보다가 이타콰에게 말했다.

"가자, 던전으로."

다시 눈을 떴을 때, 그의 앞엔 거대한 석상이 있었다.

아니, 석상인 줄 알았지만 석상이 아니다.

장신의 괴물이 그를 뻔히 쳐다보고 있었다.

'마족……!'

그것도 일반 괴물이 아니다.

한눈에 알아봤다.

마족! 어지간한 격으로는 따라오지 못할 괴물 중의 괴물이었다.

즉시 자리에서 일어나려 했지만, 전신이 묶여 있었다.

이윽고 괴물이 입을 열었다.

"나는 우리엘 디아블로. 데몬로드이니라."

"……!!!"

어째서?

김민식은 전율했다.

과거, 한국을 멸망 직전까지 몰아넣었던 데몬로드.

500명의 영웅 중 499명을 죽이고 오로지 하나만 남겼던 바로 그가.

왜 자신의 눈앞에 있단 말인가?

나는 내심 한숨을 내쉬었다.

이러한 상황이 된 건 모두 '알레테이아' 때문이다.

녀석이 잠들어 있는 사이에 여러 가지 방법을 동원해 봤다. 하지만 민식이의 심층 내부로 들어갈 수가 없었다.

유서희 때와는 분명히 다른 부분이었다.

'방어기제가 강해.'

민식이의 자아는 굉장히 견고한 편이었다. 관리자의 권한으로도 어찌할 수 없을 만큼. 그러니까 알레테이아의 폭주를 이겨낸 것이겠지만…….

덕분에 내가 강제로 안으로 비집고 들어갈 수가 없으니,

녀석의 심층에 기생하는 가짜 알레테이아를 제거할 수단이 없어진 것이다.

'알레테이아와 융화되고 있는 건가?'

하지만 녀석의 상태창을 확인하곤 고개를 갸웃할 수밖에 없었다.

**이름:** 김민식(value-지배 불가)

**직업:** 마검사

**칭호:**

- 어둠의 인도(9Lv, 모든 능력치+6)
- 베테랑 각성자(7Lv, 힘+9)
- 괴물 학살자(5Lv, 힘+7)

**능력치:**

힘 87(65+22)a 민첩 71(62+9)a 체력 70(64+6)a

지능 88(80+8)s 마력 77(69+9)s

잠재력(340+54/478)

**특이 사항:**

-각성 중입니다.

-특수한 힘을 손에 넣었습니다.

-강력한 정신력으로 지능이 크게 상승했습니다.

-심연의 효과로 전체 능력치가 50% 하락합니다.

**스킬:** 월광(5Lv), 원소마법(6Lv), 심판자(6Lv), 뼈갑옷(7Lv), 죽음의 무도(6Lv)

**착용한 장비:** 다르한의 검(마력+1, 월광), 팔라딘의 망토(민첩+3), 태양빛 반지(마력+2), 지혜의 귀걸이(지능+2)

특수한 힘, 그리고 각성이라.

이 두 가지가 의미하는 건 '알레테이아' 외엔 없었다.

모든 게 상승했다. 특히 지능의 성장이 독보적이었다. 본래는 B였을 터인 잠재 성장 등급도 S등급이 되어 있었다.

격변. 녀석은 현재 과도기에 있었다. 알레테이아의 힘을 흡수하지 않는 이상은 불가능한 변화.

'문제는 여전히 폭주의 가능성이 남아 있다는 것.'

제어해야 한다. 혹은 제압해야 했다.

그러기 위해선 오한성의 몸으로는 불가능하다. 녀석의 격은 적어도 우리엘 디아블로급은 되어야만 끄집어낼 수 있다는 판단을 내렸다.

게다가 가짜 알레테이아와 한번 만나보고 싶었다.

'알고 싶은 게 많아.'

진짜 알레테이아를 어떻게 아는지, 그는 누구고 무슨 방법으로 시간을 되돌렸는지…….

"우리엘 디아블로……!"

크게 당황하던 민식이가 나를 쳐다봤다.

그래, 나는 현재 우리엘 디아블로의 몸으로 전이한 상태였다. 녀석을 일부러 이곳 심연까지 끌어들인 것이다.

녀석은 인간이었고, 심연의 인자를 섭취한 오한성의 몸과는 다르게 디버프 효과를 받고 있었다. 그래서 더욱 정신이 없을 텐데도 곧게 나를 노려봤다.

'우리엘 디아블로의 기억은 파괴와 파멸뿐이니까.'

민식이의 기억 속 우리엘 디아블로는 공포로 얼룩진 존재일 것이다. 하지만 알레테이아를 끄집어내기 위해선 이 방법뿐이 없었다.

"나를 아는 눈치로군."

"어째서 데몬로드가 내 앞에 있는 거지? 아르켄과는 무슨 관계고?"

아르켄을 따라가다가 기절하여 이곳에서 눈을 떴다. 의심할 수밖에 없는 인과관계다. 나는 왕의 좌에 앉아 무거운 눈빛으로 녀석을 바라봤다.

"그는 나의 시종이다. 보다시피, 가짜 신에게 관심이 생겨서 말이다."

"시종……?"

민식이가 눈을 깜빡였다.

그러곤 말도 안 된다는 듯 고개를 저었다가 이내 크게 경악하고 말았다.

"녀석은 너를 잡을 때 유일하게 모습을 드러내지 않았었지……."

아르켄이 유서희였다는 걸 알 리 없는 녀석은 나름대로 이해에 맞게 퍼즐을 짜 맞췄다. 과거 우리엘 디아블로가 강림했을 때, 아르켄은 나타나지 않았다.

최강이라 불렸던 자.

그가 우리엘의 시종이었다면 나름대로 설명이 안 되는 것도 아닌 것이다.

"너의 안에 있는 것에 대해 알고 있느냐?"

"너 따위에게 말을 해줄 의무는 없다."

녀석은 완고했다. 한국을 멸망시키는 데 가장 크게 일조한 우리엘 디아블로에 대한 분노가 느껴졌다.

"그대로 놔두면 언제고 폭주할 것이다. 안에 있는 것의 힘은 너의 한계 자체를 아득히 뛰어넘는 물건이니."

"그래서 나를 해부라도 하겠다는 거냐?"

"그러길 바라는가?"

민식이의 눈에 참담함이 찼다.

아직 데몬로드를 만나는 건 시기상조라고 여긴 것이겠지.

지금 이곳에서 죽을 순 없다는 급박함도 있었다. 어떻게든 주변을 살피며 탈출할 방법을 강구하고 있었다.

이어 녀석이 눈을 부라렸다.

"죽여라. 지금 죽이지 않으면 언젠가 내가 너를 죽일 거다. 무슨 일이 있어도!"

"패기는 좋군."

손을 뻗었다.

지배자의 힘도 먹히지 않고, 관리자의 힘도 침범하지 못했으나 그것은 어디까지나 '오한성'의 몸으로 행해서다.

여기에 오리지널이 있다.

아무리 동화율이 높아졌다고 하더라도 100%가 아닌 이상 오리지널의 힘을 이길 순 없는 노릇.

'의식이 있는 지금이 적기다.'

의식이 있는 지금, 아주 살짝 이지만 문이 열렸다.

녀석의 심층 내부를 살핀다.

그러기 위해선 특단의 조치를 취할 수밖에 없었다.

"내 눈을 보아라."

용언(9Lv)이 발동했다. 내 말이 곧 진리가 되는 그런 힘. 정신을 제압하지 못해도 육체는 내 지배하에 둘 수 있었다.

심연의 효과로 모든 능력치가 급감한 지금이라면 더욱 쉽다.

이윽고 민식이의 어깨 위의 머리 부분이 굳었다. 억지로 고개가 돌려지며 나를 쳐다봤다.

나는 천천히 손가락을 뻗어 녀석의 이마에 가져다 대었다.

'관리자의 권한.'

생각을 읽을 수 있고, 더 나아가 그 생각의 근원으로 침투할 수조차 있게 하는 게 바로 관리자의 권한이다.

본래는 오한성의 몸으로 얻는 것이지만…….

우리엘 디아블로가 사용하는 힘을 오한성이 쓸 수 있듯, 오한성이 쓸 수 있는 힘의 어느 정도는 우리엘 디아블로도 사용할 수 있었다.

"너에게 나를 보여라. 네 안에 있는 것을 감춤 없이 보여라."

용언과 지배자의 힘을 동시에 사용했다.

준권능이라 칭해지는 힘 두 개가 동시에 녀석에게 쇄도하자, 이윽고 민식이의 두 눈이 살짝 풀리며 입술을 깨물었다.

지배 불가의 영향도 있겠지만, 그 와중에도 저항하고 있는 것이다.

'대단하군.'

구하길 잘했다.

이런 녀석인 줄 진즉에 알았다면…… 더 나은 과거가 됐을 수도 있을 텐데.

하나 고개를 저었다. 이미 지나간 일을 다시 되새기는 건 지금 내가 지향해야 할 방향이 아니다.

나는 민식이의 눈을 똑바로 쳐다봤다.

그러자.

휘이이이이이-

물 끓는 소리와 함께 내 의식이 녀석의 안으로 침투해 가기 시작했다.

어두컴컴한 방이었다. 그 안에 '가짜'가 있었다.

"너는 누구지? 어떻게 하나의 영혼에 두 개의 몸을 가질 수 있단 말이냐."

"그러는 너는 누구지? 알레테이아를 사칭하는 가짜."

주는 대로 받아쳤다.

칠흑 같은 어둠으로 감싸인 인영.

마치 암흑인을 늘여놓으면 저런 형태가 될 것 같았다.

물론 암흑인에겐 있는 입조차도 없었지만.

"그것도 '정수'의 힘인가?"

길게 대화를 나눌 생각은 없었다. 세계에 관한 정보는 '존재력'과 관계가 있다는 걸 알게 됐다. '정수' 역시 존재력과 연관이 있었다.

"묻겠다. 네가 알레테이아의 이름을 어떻게 아는지."

나는 커졌다.

이곳은 민식이의 세계다.

고로, 민식이가 '인식'하는 만큼 힘도 방대해진다.

지금의 내 모습은 우리엘 디아블로였고, 우리엘 디아블로는 민식이에게 있어서 공포와 전율 그 자체였다.

내가 굳이 우리엘 디아블로의 모습으로 민식이를 본 또 다른 이유.

반대로 지금 가짜의 모습은 어떤가.

'가짜'라는 인식을 하게 된 그 순간부터 놈의 모습은 초라해진 상태였다. 아마도 민식이 역시 어렴풋이 가짜가 전능하지 않음을 깨달은 것이겠지.

"나는 알레테이아다. 내가…… 진리다!"

돌연 가짜의 신체가 커졌다.

하지만, 아서라.

이미 모든 것에서 내가 놈을 압도하고 있는 상황이었다.

가짜의 몸을 양손으로 붙잡았다.

그러자 문득 궁금증이 생겼다.

"너는 가짜다. 알레테이아의 힘을 모방한 것에 지나지 않아. 그의 진짜 힘은 너 정도가 아닐 것이다."

무려 시간을 되돌렸다.

그런 게 가능하다는 소리는 들어본 적이 없다.

어떠한 신이라도 불가능할 것이다.

"그 이름을 어디서 알게 되었느냐."

"비록 내가 갇혔다고는 하나, 그래 봤자 아직 신성조차 가지지 못한 놈에게 제압당할 만큼 약해지진 않았다."

짜아악!

놈이 내 손을 찢고 나왔다.

과연 아무리 가짜라도 어느 정도 '격'은 있다는 말이다.

"알고 싶다면 '정수'를 넘겨라. 내가 진정한 신위를 되찾았을 때, 비로소 모든 게 완전해질 것일지니."

"요컨대 너의 진심을 보려면 정수의 힘이 필요하다는 거로군."

"그래……! 너는 나를 제압할 수 없다. 이대로 내가 가만히 있으면 지금 나를 가둔 녀석의 몸은 스스로 폭주하여 자멸할 테지. 네가 정말로 녀석을 소중히 여긴다면 내게 '정수'를 넘겨야 할 것이다. 그러면 깨끗이 이곳에서 물러나 주마."

아닌 척하지만 절박했다.

나는 내심 웃어 보였다.

힌트는 모두 주어졌다. 말하자면, 신성이 필요하다는 것.

그 신성을 얻기 위해선 정수가 있어야 한다는 것.

그리고…… '정수'를 발아시켜야 한다는 것!

'내 강렬한 의지로 발아된다고 했지.'

나는 갈피를 못 잡고 있었다.

내가 생각하는 가장 큰 의지. 그 의지로 말미암아 모든 것의 기틀이 마련된다고 하니 보다 신중할 수밖에 없었던 것이다.

하지만, 내 의지는 예나 지금이나 변한 게 없다는 걸 깨달았다.

'거신을 사냥한다. 거신과 관계된 모든 것을 없앤다. 그것이…… 나의 첫 의지다.'

위대한 별.

그 거신(巨神)을 때려잡는다.

오로지 그것을 위해 돌아왔다고 해도 과언이 아니다.

세계의 비밀과 진실을 알게 된 이후 그 의지는 더욱 강해졌다.

이 혼란으로 가득 찬 세계를 만든 건 결국 그 거신 때문이다. 위대한 별. 그 하나를 두고 모두가 쟁탈전을 벌이고 있지 않나.

그렇다면, 거신 자체를 사냥하겠다. 놈들이 바라는 것을 없애고 그들이 절망하는 것을 즐길 테다.

허무 따위, 내가 알 바가 아니다.

신들의 노름에 낄 생각은 없었다. 더불어 데몬로드들의 장단에도 맞춰주지 않을 것이다. 나는 그들 모두를 증오하고, 인류의 종말만을 바라는 모든 것을 저주한다.

나는 그들과 같은 선상에 서고 싶은 생각이 없다.

'필요하다면 신조차도 죽이리라. 나 스스로를 불태워서라

도 그리할 것이다.'

잠재된 의지. 분노가 표출됐다.

두근! 두근!

심장이 미친 듯이 뛰는 것 같았다. 심장 안에 내재 되었던 '정수'가 반응하기 시작한 것이다.

"……지금, 무슨 짓을 하는 거냐. 인간이 가진 의지 따위로 정수를 발아시키겠다고?"

가짜가 혀를 찼다.

퍽이나 안 어울리는 짓을 한다는 듯 비웃었다.

"고작 수년, 수십 년을 갈고닦은 의지로 정수는 발아시킬 수 없다. 불멸자인 자들만이 아주 오랜 세월 스스로를 갈고닦아 발아시키는 게 정수다. 그런데 고작 필멸자 따위가……!"

의지라는 건 시간이 지날수록 무뎌지게 되어 있다.

그 의지를 무뎌지지 않게 하며 갈고 닦은 자만이 진정한 기틀을 마련할 수 있는 법이었다.

인간에겐 불가능한 일.

하지만 놈이 어느 순간부터 말을 잊었다.

내 전신에서 마치 균열이 일어나듯 빛이 번져 나가고 있었기 때문이다.

'불가능은, 없다.'

나는 언제나 모두가 불가능하다고 말하는 영역에 도전했

다. 포기하지 않았고, 아등대고 발악하며 결국 최후까지 남았다.

비록 그 끝엔 죽음만이 남았으나 그래도 포기한 적은 없다.

심지어 그 죽음에서조차 나는 돌아오지 않았던가.

그런 의미에서 보자면 진정으로 '불가능'한 것은 없다고 봐야 할 것이다. 데몬로드가 되고, 대라선이 되고…… 오로지 나만이 이러한 가능성들을 알고 있었다.

불멸자들만이 오랜 세월 갈고닦아야만 생기는 의지?

'같잖군.'

의지는 절박함에 비례하는 법. 오랜 시간 내 의지는 단 한 번도 무뎌진 적이 없다.

놈은 그것을 간과하고 있었다.

"일망무제의 끝없는 사막조차도 나를 막진 못하였다."

망망대해와 같은 사막에 스스로를 던지고 수없이 잊고, 깨달으며 각성하라는 현장(玄奬)의 가르침.

그 목소리가 다시금 내 머릿속을 울렸다.

결국엔 모든 깨달음이 처음과 같은 것이다. 이것이 현장이자 천마인 그가 내게 전하는 진정한 신성이었던 셈이다.

'아무도 나를 막진 못하였다.'

여태껏 수많은 각성을 경험했지만, 이번에는 달랐다.

순간 모든 번뇌와 의혹이 사라졌다. 그리고 그 자리에 나 스스로에 대한 무한한 믿음만이 자리 잡았다.

현장은 나의 길을 가라고 말하고 있었다. 내가 원하고, 내가 바라는 그 길만을 걸으라며.

[영혼의 격이 격상합니다.]

[ '이데아(idea)' 시스템의 상위 레벨이 개방됩니다.]

[신성, '멈출 수 없는 자' 를 획득하였습니다.]

[그 첫 번째 의지에 따라 '거신(巨神)' 이라 칭해지는 모든 신성에 관하여 50%의 모든 능력치 상승이 주어집니다.]

이데아 시스템!

그 상위 레벨이 개방되고 편입됨에 따라 그 단어가 무엇을 뜻하는지 알게 되었다.

'모든 근본을 이루는 시스템.'

위대한 별에서 파생된 시스템과 세계의 '눈'들이 하위 레벨이라면, 이데아라 이름 붙은 그것은 오로지 신들에 근거한 또 다른 버전과도 같았다.

진즉에 내가 기존의 시스템에서 벗어나지 못했다면 얻지 못했을 것이다.

동시에 나는 '위대한 별'이 모든 각성자에게 주었던 그 시스템의 진정한 저의가 무엇인지 알 수 있었다.

'인간의 신성을 막고 있었구나.'

인간이 신이 될 가능성. 그것을 막고 있었다고 보는 게 맞을 것이다.

천마가 아니었다면 나 역시도 그 가능성을 영원히 닫은 채 살아갔으리라. 지금처럼 신성을 개방하는 일은 없었을 터.

단순히 인간을 포식하기 위한 게 아니었다는 뜻이다.

게다가…… '위대한 별'의 시스템이 가동하는 건 지구뿐만이 아니었다.

모든 차원에 '눈'이 있었고, 그 영향을 받고 있었다.

'그렇다면 모든 차원에서 새로운 신들이 탄생하고 있지 않은 건가?'

신들은 죽어가고 있었다. 특히 관리자라 칭해지는 그들은 정체 모를 신 살해자에 의해 하나둘 살해당하는 와중이었다.

세계의 균형이 무너지고 균열은 미친 듯이 요동친다. 신이 죽은 빈자리를 채우지 못하니 모든 게 붕괴하고 있는 것이다.

그런데 지금, 아예 새로운 신성이 만들어졌다.

'나의 신성은 오로지 거신을 사냥하기 위해 존재한다.'

그래서 신성에 관한 능력도 거신에 몰려 있었다.

"……있을 수 없는 일이다. 있을 수 없는 일이야!! 필멸자가 어찌하여 새로운 신위를 얻을 수 있단 말이냐!"

놈도 새로운 신의 탄생이 불가하다는 사실을 알고 있는 듯싶었다.

버려진 신. 어쩌면 아득히 오래전, 그는 정말 신이었을지도 모른다.

하지만 떨어진 이후 신의 흉내를 내며 가짜 행세만을 이어갔다.

흉하다. 추했다.

[신성의 크기에 따라 작은 신성을 포식할 수 있게 됩니다.]

[보다 큰 신성의 포식을 위해선 추가 조건이 필요합니다.]

신성은 영혼의 격이다. 그리고 지금, 나의 격은 눈앞의 가짜를 넘어섰다.

가짜 역시도 그를 알고 있을 것이었다.

"이변이다. 기존의 것이 아닌 아예 새로운 신성…… 넌, 너는 누구란 말이냐?"

"다시 물으마. 알레테이아는 어떻게 알고 있는 거지?"

나는 입을 벌렸다.

가짜는 과거 진짜 신성을 가지고 있었다. 그러니 영혼의 격이' 격상한 지금, 놈 역시 포식의 대상이었다.

가짜가 몸을 부르르 떨었다. 한 발자국 물러서며 나를 올려다보았다.

놈은 겁에 질렸다. 불가능의 영역을 가능으로 바꾼 내게, 또 다른 포식자의 탄생에.

"그녀는…… 위그드라실에 잠들어 있다. 나는 그녀가 꾸는 꿈을 보았을 뿐."

위그드라실!

모든 우주에 뿌리를 내린 우주수(宇宙樹)다.

이 모든 원인이 그곳에 있다고 말하는 것이다.

"그녀가 잠든 직후 모든 게 변했다. 그가 뿌리를 씹어 먹고, 또 다른 자는 날갯짓을 하며 균열을 일으켰다. 아아……!"

"그녀는 누구지? 그들은 누구고?"

"마, 말할 수 없다. 그 이름을 내 입에 담을 순 없어! 이름을 입에 담는 순간 나는 표적이 되고 잡아먹힐 것이다. 다른 자들처럼! 으으으……."

가짜가 몸을 웅크렸다.

진정으로 겁을 먹은 것이다. 그리고 그 주체가 이번엔 내가 아닌 '그들'이었다.

"하, 하지만, '위대한 별'의 신성을 그녀에게 인도하면 모든 것이 정화될 것이다. 그들도 안정하리라. 나는 그녀의 꿈을 보고 그녀의 능력을 얻었지만, 그들의 힘은 그 누구도 범접하지 못하는 것이기에."

이름을 말할 수 없다. 나보다 더욱 상위의 신성을 가진 존재가 분명했다.

또한 나는 이 말을 들어본 적이 있었다.

관리자를 사냥한 자. 그의 이름을 말할 수 없다며, 경합의 장에서 보았던 고블린의 신도 똑같이 말을 한 적이 있었다.

'같은 자다.'

적어도 가짜가 말한 셋 중 하나는 관리자들을 살해한 자와 같은 자임이 분명했다. 그녀와 그들. 모든 일의 시발점이 된 자들.

"너는 누구지?"

"나는……."

가짜는 돌연 입을 꾹 닫았다.

그러곤 고개를 세차게 흔들었다.

"나는 누구지?"

자기 자신을 모른다. 그렇기에 다른 존재에게 기생하며 살아가고 있는 것이겠지만.

그 특성 탓에 민식이의 안에 갇혔고, 지금은 민식이와 거의 하나가 되어가는 중이었다.

'제압은 할 수 있지만 포식할 순 없다.'

확신할 수 있었다.

가짜를 포식하면 민식이도 죽는다.

나와 우리엘 디아블로의 관계처럼, 이들은 서로가 서로에게 동화되어 가는 중이었다.

"나는…… 너는 나를 아나?"

놈은 혼란스러워하고 있었다. 가짜의 말로.

나는 고개를 저으며 손을 뻗었다. 이어 놈의 머리를 우악스럽게 잡으며 말했다.

"들어라. 민식이 녀석에게 조그마한 악영향이라도 끼친다면 그 즉시 나는 너를 잡아먹을 것이다."

혹시 가짜는, '위대한 별'을 자신이 갖게 되면 진정한 자신을 찾을 수 있다고 생각한 건 아닐까.

그러다가 내심 혀를 찼다.

내 알 바 아니었다.

대신 가짜의 눈을 똑바로 들여다봤다.

녀석은 잔뜩 겁을 먹은 채 혼란스러워하고 있었다.

"또한, 나에 대해 너는 침묵하고 있어야 할 것이다. 아직은 때가 아니기에."

나는 가짜보다 더욱 상위의 격을 갖게 되었다. 녀석을 포식할 수 있었지만 하지 않았고, 대신 나의 말들을 확실하게 새겨 넣었다.

민식이가 나와 같은 신성을 얻게 된다면 모르겠지만, 그전에는 모든 사실을 쉽게 알 수는 없을 것이다.

'그녀와 그들이라…….'

그래도 아무것도 얻지 못한 것은 아니다.

위그드라실에 있는 존재들. 그들이 모든 것의 시발점이라는 건 알게 됐다.

더불어, 나는 대오각성하며 신성을 갖게 되었다.

드디어 진정한 세계에 한 발자국을 내디딘 셈이다.

'더 자세하게 알아봐야겠군.'

나는 이 어두운 세계를 비집고 나갔다.

그로부터 며칠이 더 지났을까.

민식이는 아직도 깨어나지 못하고 있었다.

가짜의 영향도 있겠지만, 내가 녀석의 심층 안에서 각성한 탓도 없지는 않을 것이었다.

"인간에게 굉장히 지극정성이시군요."

보다 못한 라이라가 끼어들었다.

라이라 디아블로. 그녀는 뭔가 언짢은 표정으로 내게 다가왔다.

"그는 매우 특별한 인간이다."

"제 눈엔 다른 인간과 별다를 게 없어 보여요."

"그렇다면 '또 다른 나'도 마찬가지겠군."

"그, 그건…… 경우가 달라요. 아직 적응은 안 됐지만, 이해도 하기 힘들지만, 그래도 유일하게 이해를 해보려고 노력하고 있답니다."

또 다른 나는 오한성을 뜻한다. 아직 라이라는 오한성일 때의 나를 완전하게 받아들이지 못하고 있었다.

그래도 예외를 두려 한다는 것은 장족의 발전이다.

"그런데…… 로드시여. 그가 왜 특별한 인간이죠?"

라이라가 주제를 돌렸다. 이 주제에 관해선 서로가 민감하다는 걸 아는 거다. 그녀치곤 굉장히 배려심 넘치는 발언이었다.

나는 피식 웃으며, 라이라의 머리를 한 차례 쓰다듬었다.

"그는 '또 다른 가능성'이기 때문이다. 언젠가 분명히 큰 힘이 될 것이다."

민식이는 가짜를 이겨냈다. 불가능하다 여겼던 관문을 넘어서고 그 힘을 도리어 자신의 것으로 만들고 있었다.

놀랐다. 솔직히, 믿기지 않았다.

과거의 녀석과는 너무나도 달라져 있었다. 그만큼 절실한 의지가 있었다는 뜻이다.

이러한 의지를 가진 자는 쉽게 달라지지 않는다.

뿐만인가. 언제고 큰 힘을 얻게 되어 있었다.

'내가 조금만 도와주면…….'

오히려 갈등하는 건 내 쪽이다.

내가 직접 녀석을 도울 순 없고, 우리엘 디아블로의 신체로 돕는 건 가능하다. 지금처럼 녀석의 몸에 손을 대고 마력을 안정화시키는 작업같이 미세한 조정은 우리엘 디아블로가 훨씬 섬세하게 다룰 수 있기 때문이다.

내가 도와주면 녀석은 강해질 것이다. 지금보다 더.

"로드께서 말씀하신다면 분명히 그러하겠지요. 제가 볼 수 없는 것을 보시는 분이니까요."

"질투라도 나는 건가?"

"아닙니다. 고작 인간 하나에게 질투라니요?"

라이라가 극구 부인했다. 하지만 내심은 그렇지 않다는 걸 안다.

요 며칠간 나는 민식이의 신체를 돌보고 있었다. 마력의 안정과 혹여나 모를 '놈'의 준동을 예의주시하고 있는 것이다.

그녀는 내가 온전히 민식이에게 신경을 쓰자, 며칠간 시시때때로 나타나서 이쪽을 바라보곤 했다. 물론 딱히 말은 하지 않았지만, 민식이에게 질투심과 비슷한 감정을 느끼고 있는 것은 분명했다.

그것이 퍽 귀여워서 미소가 끊이질 않았다.

그런 나를 보며 라이라가 표정을 굳혔다.

"아니라고 했습니다."

"딱히 아무런 말도 안 했다."

"얼굴로 말하고 있지 않습니까? 제가 로드의 관심을 독차지한 저 인간에게 질투를 느끼고 있다고 말입니다."

"그래?"

"……아주 약간, 인정하겠습니다."

라이라가 백기를 들었다.

말을 하면 할수록 수렁에 빠지는 기분이었겠지.

한마디로 자폭이었다.

그녀의 이런 모습은 매우 보기 힘들다. 카메라가 있다면 남겨두고 싶을 정도였다.

한 차례 눈을 감은 그녀가 이어 품에서 편지 한 장을 꺼냈다.

"아, 그리고. 전서가 날아왔어요. 데몬로드가 모이는 회의가 열릴 거라고 하더군요."

"……뭐라고?"

"이런 적은 처음이라 저도 장난인 줄 알았는데 발신자가 '둠'인 걸 보면…… 장난은 아닌 것 같습니다."

나는 급히 편지를 뜯었다.

'둠!!'

심연에서 편지라니. 그런데 그것을 둠이 보냈다면 이야기가 달라진다.

나찰각에서의 타격이 아직 회복되지 않았을 것이다. 여태껏 아무런 행보도 하지 않으며 숨어 있었던 자가 갑자기 편지를 보냈다?

분명히 무언가 꿍꿍이가 있는 것이다.

나는 눈을 부릅뜨며 편지의 내용을 읽어 나가기 시작했다.

「친애하는 쟁탈자들이여, 모두의 별이 떠오르며 영광스러운 전쟁이 시작되고 시간이 꽤 흘렀다. 하지만 그간 몇몇 로드를 제외하곤 모드가 적극적인 참여를 하고 있지 않은 데에 나, 파멸의 전조인 둠은 심심한 유감의 표시를 보낸다. 서로 간의 세력과 세력이 맞물리며 힘의 논리에 따라 그저 눈치를 보고 있는 것임을 나 역시 알고 있다. 지금의 구도는 먼저 움직이는 자가 손해를 보는 구조이지. 그렇기에 제안한다.」

정말 둠이 맞나?

그런 의문이 들었지만 이 편지는 모든 데몬로드에게 보내는 것이다.

나찰각에서 보았던 놈의 파멸적인 언행보단 다소 누그러져 있었다.

하지만 필체에 담긴 힘은 여전했다. 글자마다 마력이 담겨 있었으며, 거기엔 자신이 아직 건재함을 알리는 것만 같았다.

'허세.'

하지만 그게 허세임을 나는 안다.

놈은 정상적인 상태가 아니다. 적어도 몇 개월, 어쩌면 1년 이상은 요양을 해야 할지도 모르는 중상. 나찰 모두를 상대하고 역소환까지 당했으니 이는 당연한 일이었다.

계속해서 읽어보았다.

「암흑 상회가 주관하는 장소에 자리를 마련하여 모든 쟁탈자가 모일 것을 제안한다. 이 자리는 나, 둠의 이름을 걸고 맹세컨대 절대 중립적일 것이며 어떠한 사사로운 것 하나조차 개입되지 않을 것이다. 우리는 이 신성한 자리에서 서로의 이해관계가 아닌 순수한 쟁탈자의 입장이 되어 '회의'를 할 것을 또한 제안하는 바이다.」

모든 데몬로드가 모여서 회의를 한다.

전례가 없었던 일이다.

하물며 그것을 둠이 개최한다고?

'중상을 입은 둠이, 여태껏 숨어 있던 녀석이 갑자기 회의를 소집한다?'

나는 모든 힘을 동원해 둠을 살폈다. 하지만 둠의 행적을 찾을 수가 없었다. 놈이 억지로 숨지 않은 이상은 자그마한 행적이라도 찾았어야 정상일 텐데.

한마디로 작정하고 잠적했다는 뜻이다.

그런데 갑자기 튀어나와서 모두 모이자고 한다. 무언가 꿍꿍이가 있는 게 분명했다.

'이 회의에 과연 얼마나 많은 로드가 참여할 것인가.'

그것도 문제였다.

아무리 둠이 개최하고, 암흑 상회가 개입한다고 하더라도 못마땅하게 여기는 로드가 많을 것이다. 적어도 지금까지 읽은 내용만으로는 둠의 편에 선 자들 외엔 아예 참석하지 않을 가능성이 높았다.

하지만 다음 내용이 눈앞에 아른거렸다.

「물론 처음으로 개최되는 공식 회의인 만큼 나는 기꺼이 출혈을 감수할 것이다. 참여하는 것만으로 10만 포인트. 그대들에게도 좋은 기회가 될 터.」

"미쳤군."

절로 욕이 나왔다.

10만 포인트? 내가 카르페디엠을 죽였으니 현재 데몬로드는 71명이다. 그중 둠을 제외하고 모두가 참석하면 700만 포인트였다.

상상조차 안 가는 거액. 내가 온갖 비일상을 겪으며 모은 포인트가 100만을 조금 넘어서는데, 700만이라고?

아무리 4대 파벌의 수장이라 하더라도 그만한 포인트를 즉시 갖고 있긴 불가능하다. 가지고 있던 것들을 포인트화시켜서 지급할 생각이겠지.

'놈의 파벌에 속한 데몬로드를 제외해도 500만 포인트 이상.'

아찔해졌다. 참여하는 것만으로도 둠의 힘을 깎아 먹을 기회라는 뜻이다. 이 정도가 된다면 참여하지 않을 이유가 없다.

둠이 쌓아둔 힘을 소비시킬 절호의 기회이지 않은가. 500만 포인트면 천하의 둠이라 해도 최소 5년에서 10년간 쌓아둔 힘일 것일진대.

「이는 정체된 현재의 판도를 바꾸기 위해 자처한 출혈이다. 또한 우리는 회의를 하고, 우리만의 쟁탈전을 진행할 것이다. '위대한 별'을 거머쥐는 최후의 하나가 되기 위해. 지지부진한 소모전이 아닌 진정한 '성전'이 시작될 것인즉. 모두의 참여를 바라는 바이다.」

편지의 내용은 이것으로 끝이었다.

쟁탈자의 입장이 되어 회의라.

진정한 성전이라…….

'중요한 내용들이 오가겠군.'

적어도 잔챙이들은 알 수 없는 정보들이 듐의 입을 타고 흘러나올 것이다. 아니, 다른 파벌의 수장들조차 혹할 무언가가 있는 것이겠지.

나는 턱을 쓸었다.

지금 시기에 듐이 회의를 주최하는 이유가 무엇인가.

"짐작 가는 게 있나?"

"저도 내용을 전부 읽지는 못했습니다. 위험한 구석이 있는지 확인만 한 수준이라서……."

"회의에 참석하면 좋겠다는군. 참석하는 것만으로도 10만 포인트를 주고 '성전'을 벌일 거라 한다."

"……파격적이군요. 듐은 원래부터 파격적인 행보를 많이 보이긴 했습니다만, 이만한 일은 처음입니다."

하기야 몰래 십이나찰 중 하나인 화천을 빼돌리고 특수한 계약으로 나찰각에까지 모습을 드러낸 놈이다. 그런 방법을 사용해서까지 강림하는 놈은 처음 봤다.

'균열석을 얻는 게 좌절되어서?'

듐은 균열석을 얻고 힘을 거머쥐려 했다. 하지만 나로 인해 좌절되었고, 그 여파로 현재까지 모습을 감춘 상태였다.

그런데 또 다른 꿍꿍이를 들고 나왔다…….

'단순한 회의는 아닐 것이다. 서로가 전쟁을, 피바람이 불

수밖에 없는 그런 내용이 나온다는 뜻. 그 내용이 궁금해서라도 어지간한 데몬로드들은 모두 참여를 할 터.'

둠이 저토록 자신하는 이유를 알고자 더 많은 데몬로드가 참여할 것이다. 어쩌면 균열석을 얻지 못했기에 거센 태풍이 몰아치도록 하려는 속셈일 수도 있었다.

"로드시여, 둠을 조사하던 도중 알아낸 것입니다만 둠이 종적을 감춘 시기와 '사자왕'의 행방이 묘연해진 시기가 비슷하다는 정보를 입수했습니다. 혹시 그것과 연관이 있지 않을는지요?"

사자왕!

데몬로드들에게 '힘을 공급'하는 축의 존재.

데몬로드가 '위대한 별'을 거머쥐어 신이 되면, 그 신조차도 지배하에 두려는 존재가 넷 있었다.

그들은 사천왕이라 불리며 심연 깊숙한 곳에 존재하고 있었고 실제로 네 개의 파벌의 수장들 모두가 그들과 연관이 되어 있었다.

그리고 사자왕은 둠의 후원자다.

"그의 궁전 근처로는 접근이 불가능한지라 확신할 수는 없습니다. 다만, 이러한 정황과 둠의 움직임에 연결 고리가 있다면……."

"심상치 않은 일이 되겠군."

그 내용이 무엇이냐에 따라서 핵폭탄이 될 가능성도 있다.

그래서 더욱 신중해야 한다.

'참여를 하긴 하겠으나 철두철미하게 준비를 해야지.'

분명히 구미가 당긴다. 그만큼 구린내도 심하다. 하나 참여를 해야만 중심 정보에 도달할 수 있다는 건 분명했다.

"방향을 바꿔서 암흑상인들 쪽으로 접근해라. 그들이 그저 자리만 마련할 거라는 생각은 들지 않으니."

어쩌면 이 회의 자체와 암흑 상회가 연관되어 있을 수도 있었다.

모든 가능성을 염두에 둬야 하는 게 현재의 상황이었다.

조금이라도 잘못 디디면, 수렁에 빠진다.

"예, 맡겨만 주시길."

라이라도 일의 경중이 심상치 않다는 걸 깨달았는지 표정을 굳혔다.

가만히, 주먹을 쥐어 보였다.

'둠은 내가 신성을 얻었다는 걸 모른다.'

애당초 오한성과 우리엘 디아블로가 같은 존재라는 것도 모르는 상태다. 나는 신성을 얻었고, 영혼의 격이 상승하며 또 다른 진리를 탐구하고 있었다.

둠을 만나면 그가 이 신성으로 무엇을 하려고 했는지 보다 확실하게 알 수 있을 것이었다.

'앞으로 정확히 30일 뒤.'

그 시간 동안 나도 빠르게 '준비'를 해야 했다.

결국 검을 만드는 승부는 무승부였다.

드워프도, 백원후들도 월천이 경질화 된 검을 다룰 수가 없었다.

그 천하의 은후조차도 말이다.

"무슨 재료로 만들어진 건지 모르겠으나, 이 검을 담금질 하려면 적어도 우리의 왕쯤은 되어야 할 거요."

한 드워프가 말했다.

드워프 킹. 나도 전설로만 들어본 적이 있는 이름이다. 드워프들은 고용할 수 있지만, 암흑 상회에서조차 그들의 왕을 어찌할 순 없었다.

은후의 의견은 비슷했으나 약간 달랐다.

"이 정도로 경질화된 것은 처음 봅니다. 저들의 왕이라는 자가 정말로 세계조차 만들어낼 수 있는 대장장이라면 가능하겠지만…… 그런 존재가 있을 리 없으니, 아무도 이 검을 제련하지 못하겠군요."

은후는 드워프 킹의 존재를 허구, 헛소리로 일축했다.

그러곤 나를 바라보며 입을 열었다.

"어쩌면 대라선께서만이 가능할지도 모르겠습니다. 역대 대라선들께서도 다 경질화가 된 무기를 사용했었지요. 어떻게 무기다운 형태를 갖추게 되었는지에 대해선 알려진 바가 없습니다만, 모두를 아우르는 대라선의 권한이라면…… 가능하지 않겠습니까?"

일리가 있는 말이었다.

나찰이 죽어서 아주 희박한 확률로 경질화가 된다면, 그 나찰을 임명하는 권한을 가진 대라선이 다룰 수 있어야 마땅하다.

이윽고 은후가 조심스럽게 이어서 말했다.

"그리고 어쩌면…… 그 검에, 오룡들의 각성에 관한 단초가 있을지도 모릅니다."

"오룡에 관해 알고 있는 게 있는 모양이군."

오룡.

그들이 태어날 때, 수십 마리의 용이 죽었다고 한다.

대라선이 심혈을 기울여 다음 대라선으로 만들고자 키워낸 존재들인 것이다.

그런 것치곤 아직은 약하지만, 아마도 '각성'을 하면 이야기가 달라질 터였다.

라이라처럼 말이다.

"오룡은 특별합니다. 그들의 탄생 자체를 대라선께서 주관하셨습니다만, 열쇠는 '월천'께서 쥐고 계셨습니다. 월천께선 모든 학문에 능하셨고 숨겨진 비술도 많이 알고 계셨으니까요."

"숨겨진 비술?"

"금지된 술법 같은 것들이지요. 하나같이 너무나 패악적이고 강력했기에 숨겼어야 하는 것들. 저도 자세히는 모릅니다만, 그 역천(逆天)의 술법들은 역대 대라선들도 손을 대지 못할 정도였다고 합니다."

"그런 것들을 월천이 알고 있었다고?"

"오로지 '아는 것'만 가능했습니다. 익히는 건 허락받지 못했지요. 다만 이건 순전히 제 예상입니다만, 그 술법들이 오룡들에게 인도되었을 가능성도 있습니다. 아니라면 수십에 달하는 용의 어마어마한 생명력이 필요하진 않았을 테니까요."

정말로 수십의 용을 매개로 사용했다면 평범한 일은 아니다. 고작 잠재력의 상승을 위해 그만한 재료를 사용하진 않았을 것이다.

하, 수십의 용이라니.

심각하게 생각해 본 적은 없지만, 다시 생각해 보니 그게 사실이라면 나라 몇 개는 간단하게 멸망시키고도 남을 힘이 아닌가.

과거의 나는 목숨을 내걸고 용과 사투를 했다. 그렇게 사냥한 용이 다 합쳐도 열 마리가 되지 않는다.

정말로 역천의 술법쯤은 되어야 사용가치가 있다.

나는 잠시 숨을 골랐다.

이곳은 나의 방이었다.

세계수 근처에 마련된, 대라선을 기리기 위한 자리.

오로지 나밖에 없는 공간에서 은후는 조심스럽게 이야기하고 있었다.

"그리고 그것들을 깨우는 방법 역시도 그분은 알고 계셨을 겁니다. 그것을 대라선께 이야기하지 않은 걸 보면…… 이 검이 그 단초가 될지도 모른다는 생각이 들더군요. 이 검은 월천 님 그 자체의 힘이 담겨 있습니다."

조심스럽게 그가 경질화된 월천을 내게 건넸다.

나는 가만히 검을 받아 들고 검신을 두루 살폈다.

'나만이 가능하다, 라.'

하물며 정말로 이 검에 오룡을 각성시킬 단초가 있다고 한다면, 이는 엄청난 발견이었다.

역천의 술법.

그것들을 오룡들이 품었다면, 분명히 엄청난 전력이 될 것이었다.

나는 고개를 끄덕이며 은후를 물러나게 했다.

남은 시간 동안 검을 완성시킬 수 있을까?

'성전이 시작되면 이럴 시간조차 나지 않을 테지.'

해야 할 게 많았지만.

할 수 있을 때 하는 게 나을 듯싶었다.

월천.

그와의 인연은 과거로 거슬러 올라간다.

나찰산 중턱에서 쫓기듯 도망가던 그를 만났고, 반쪽짜리에 불과하지만 나는 탈혼무정검이 담긴 검법서를 양도받았다.

그로 인해 내 검술 실력은 일취월장했으며…… 천재들의 발끝까지 쫓아갈 수 있었다.

그리고 회귀한 이후 다시 한번 만나 정식으로 제자가 되었다.

'인연.'

인연의 힘이란 참으로 묘하지 않은가. 돌고 돌아 다시금 만나 비슷한 형태를 갖추었으니.

완전하게 달라진 인연은 나와 우리엘 디아블로뿐이었다.

그를 제외하면, 회귀한 후에도 '인연'의 양상은 크게 달라진 게 없었다.

'하지만 형태는 달라질 수도 있지.'

설마 그가 죽어 검이 될 줄이야. 경질화. 나찰이 죽으면 아주 낮은 확률로 그들은 자신의 '형태'를 시체 대신 남긴다.

월천은 검이란 형태로 세계에 남았으나 다른 누구의 손길도 받아들이지 않고 있었다.

나라고 가능할까.

은후도, 드워프들조차 혀를 내두르며 포기했건만.

'해보자.'

더는 피할 수 없다.

검을 마주한 다음에야 나는 내 생각 이상으로 그를 받들고 있었다는 걸 깨닫게 되었다. 월천의 두 글자가 의외로 내 마음 깊숙이 자리매김한 모양이었다.

하지만 이제는 부딪쳐야 할 때다. 더 뒤로 미루는 건 월천에 대한 예의가 아니었다.

까앙-!

모루 위에 놓인 월천을 망치로 때렸다. 그가 죽어 검이 되었다면, 그것은 누군가가 사용하게 하기 위해서일 것이다.

지이잉!

검이 울리며 공명음이 퍼져 나갔다.

한 번 망치질을 할 때마다 심력이란 심력은 모조리 소모되는 느낌이었다.

전신에서 땀이 흐르고 눈꺼풀이 바르르 떨렸다.

까앙—!

무겁다. 망치가, 이 소리가, 너무나도 무거웠다.

월천의 무게였다. 더불어 나와 월천이 엮인 인연의 무게였다.

"후욱! 후욱!"

두 번.

고작 두 번 망치질을 했을 뿐인데 정신이 아득해졌다. 입에선 단내가 풍겼고 손가락엔 힘 한 점 들어가지 않았다.

결국 망치를 놓아버리고 나서야, 결코 쉽지 않으리란 걸 깨닫게 되었다.

'반응이 있다.'

은후도, 드워프들도 이 검에서 반응을 끌어내진 못했다. 불에도 녹지 않고 그저 힘에 의존하여 때려 봐도 아무런 효과가 없으니 모두가 포기한 것이다.

그러나 나는 두 번의 망치질로 검에 엮인 거대한 힘을 읽었다. 해일과 같이 거세고 억세며 태풍처럼 휘몰아치는 잠재력이 검 안에 잠들어 있었다.

'합을 맞춰야 한다. 나와 월천의…….'

월천의 힘은 정제되지 않았다. 날것 그대로의 것이었다. 내 힘과 부딪히며 거대한 반발을 일으키는 중이었다.

반발을 없애려면 합을 맞춰야 한다. 서로가 서로에게 적응하는 과정과 시간이 필요하다. 이 과정은 내게 주어진 사명과 같았다.

'마지막까지 제게 숙제를 남기셨군요.'

아직 그에게 받은 것들을 자신의 것으로 온전히 만들지도 못했건만.

피식 웃으며 애써 손을 다시 들었다.

그리고 망치를 쥔 뒤 검을 두드렸다.

적막한 공방 안에 검 두드리는 소리만이 요란했다.

시간은 유수와 같이 빠르게 흐른다.

30일. 그 시간이 지나도록 민식이는 의식불명이었다. 아마도 자신의 내면에 잠든 것을 어느 정도 흡수하기 전까지는 깨어나지 못할 듯싶었다.

하나 그 30일간 녀석의 신체는 놀라울 정도로 '진일보'했다. 우리엘 디아블로의 마력으로 조금 도움을 주자 본능적으로 힘을 제어하고 스스로 갈무리하며 자연스럽게 녹아내기 시작한 것이다.

'원래부터 감은 좋은 녀석이었지.'

이 정도면 혼자서 인류의 영웅을 자처하긴 충분할 듯싶었다. 물론 여기서 깨어난 다음에도 시련이 없지는 않겠으나 잘 이겨낼 거라고 믿었다.

거기까지 내가 도와줄 순 없다.

나는 나만이 할 수 있는 일을 해야 했기에.

"로드시여, 이제 출발해야 합니다."

라이라가 무장을 한 채로 내 앞에서 정중히 고개를 숙였다. 숙연한 표정, 무거운 분위기, 그만큼 앞으로 벌어질 일들이 결코 가볍지 않다는 걸 알려주고 있었다.

그래, 이 앞은 가시밭길이다. 나조차도 알 수 없는 전장의 늪이었다.

'데몬로드의 회의.'

단순히 회의만으로 끝날까?

온갖 모략이 판을 칠 것이다. 어쩌면 가장 먼저 '사냥'당하는 쪽이 될 수도 있었다. 비록 내가 멸제의 카르페디엠을 죽였다곤 하나, 아직까지도 여전히 최약체의 데몬로드였으니.

그러니 정신 바짝 차려야 한다.

결코 얕보여선 안 된다. 그들에게 먹기 좋은 사냥감이라는 인식을 줘서도 안 된다. 도리어 건들면 큰코다친다는 인상을 줘서 경계토록 만들어야 했다.

"아빠! 이그닐, 예뻐요?"

이그닐이 꽃무늬 치마를 입은 채 문 앞에 나타나 빙그르르 돌았다. 그러자 라이라가 눈을 깜빡이며 물었다.

"이그닐, 제가 줬던 옷은 어디 뒀죠?"

"그거, 별로 안 예뻐!"

"놀러 가는 게 아니랍니다."

"놀러 가는 거 아니야?"

이그닐이 고개를 갸웃했다.

정말로 놀러 가는 줄 알았단 말인가.

"……'저주받은 신전'에 놀러 가는 이는 없어요."

"그래도 그 옷 별로 안 예쁜데."

"라이라, 놔둬라."

내가 한마디 거들자 라이라가 나를 뻔히 쳐다봤다.

"로드시여, '저주받은 신전'에 온갖 마물이 모입니다. 가뜩이나 이그닐은 눈에 띄는데 저런 차림은……."

"전쟁을 치르러 가는 게 아니지 않느냐? 저들의 장단에 우리가 맞추는 게 아니라, 우리의 장단에 저들이 맞추게끔 하면 그만이지."

"그건 그렇습니다만……."

라이라가 머뭇거리다가 고개를 끄덕였다.

가뜩이나 앞으로 있을 일을 상상하는 것만으로도 머리가 터질 만큼 무거운데 이그닐마저 그럴 필요는 없었다. 오히려 이그닐의 저런 모습이 내 긴장을 풀어주는 데 특효약이었다.

나는 잠시 잠든 민식이를 한 차례 내려다보곤, 몸을 돌렸다.

'저주받은 신전. 심연에서조차 저주받았다고 여겨지는 금지.'

심연은 어둠의 끝자락이다. 그런 곳에서조차 저주받았다고 칭해질 정도면 얼마나 악독한 장소일까?

알 수 없지만…… 정신을 바짝 차려야 한다는 건 분명하다.

이윽고 성을 나오자 장대한 행렬이 나를 반겼다.

오로지 우리엘 디아블로만을 따르는 충실한 500기의 창기병.

천여 기에 달하는 쉐도우 나이트까지 합쳐지자 나름 근사한 군대가 되었다.

그리고 오룡.

기사들의 바로 옆에서 오룡들이 복잡한 눈빛으로 나를 바라보고 있었다.

그렇다. 나는 이번 행렬에 오룡을 포함했다.

'오룡들은 더욱 많은 걸 보고 배워야 한다.'

오룡은 대라선과 월천이 내게 남긴 마지막 유산이다.

경질화 된 월천의 검을 다루며 그 생각은 더욱 확신에 가까워졌다.

오룡의 각성, 그리고 월천의 검의 관계가 결코 무관하지 않을 거라는 것.

더불어 오룡의 각성은 어쩌면 내 생각보다 더 대단한 힘을 보유하고 있을지도 모른다는 것.

단순한 나찰의 수준이 아닌…… 그 이상의 무언가를 가지고 있다는 그런 확신 말이다.

구화린을 포함한 오룡들에게 한 차례 시선을 준 나는 다시 고개를 돌리곤 말했다.

"출발하지."

저주받은 신전은 심연의 중심부에 있다.

심연은 동, 서, 남, 북으로 나뉘어 있고 그 네 방위를 모두 사천왕이 지배하고 있었다. 지옥왕, 태양왕, 천왕, 그리고 사자왕.

멸제의 카르페디엠과 제로는 지옥왕 소속이었고, 둠은 사자왕에 속해 있었다. 하여간 그 사천왕이 금지로 심연의 중심부인 '저주받은 신전'을 설정한 것이다.

누구도 들어가선 안 되는 그곳에 발을 들였다는 건, 이번 회의를 사천왕 역시 암묵적으로 동의했다는 뜻이 된다.

'우리엘 디아블로의 기억 속에 있는 태양왕…… 따지고 보면 그 힘은 그렇게 강하지 않았지.'

우리엘 디아블로는, 디아블로의 이름을 얻기 전까지 태양왕이란 그늘 아래에 있었다. 라이라를 위해 그 울타리에서 도망친 것이다.

하지만 생각해 보면 태양왕의 힘은 고작해야 중간급 데몬로드 정도였다. 강한 건 분명하지만 심연을 네 등분시킬 만큼 강하진 않다는 의미다.

'심연이 그들에게 주는 권한이 있다. 우리엘의 기억 속에서도 자세한 내용은 없는 것 같지만…….'

본래 우리엘 역시 태양왕의 후보자 중 한 명이었다. 그러나 도태됐고, '권능'이 알맞지 않다는 이유로 탈락했다.

말하자면 '태양왕'에 어울리는 권능이 있다는 말이다. 예로부터 그 권능을 가진 존재만이 왕의 자격을 거머쥘 수 있었다.

하지만 정작 그게 무엇인지는 우리엘도 모르는 듯싶었다.

'그 힘이 데몬로드들에게 영향을 끼치는 건 분명하다.'

자기보다 약한 자의 아래에 있을 성질이 아니다. 데몬로드라는 족속은 말이다.

물론 그 '힘'이라는 범주에는 사천왕이 가지고 있는 세력도 포함해야겠지만, 절대적 강함을 숭상하는 심연의 괴물들은 왕이 약하면 잡아먹으려는 성질을 가지고 있었다.

그러니 그런 데몬로드들을 움쩍달싹하지 못하게 하는 '족쇄'가 있다고 보는 게 타당할 것이다. 그 '족쇄'가 있기에 데몬로드가 '위대한 별'을 계승해도 그것을 다스릴 자신이 있는 것이고.

"저기 보이는군요. '저주받은 신전'에 거의 도착했습니다, 로드시여."

라이라가 거친 흑마를 탄 채로 아래에서 내게 말을 건넸다.

나는 이타콰의 등에 올라, 저 너머에 있는 검은색 신전을 바라봤다.

'지금은 회의에 집중하자.'

잡념을 털어낸 뒤 정신을 최대한 가다듬었다.

벌써부터 주변엔 괴물들이 넘쳐 났다.

하지만 하급종은 어디에도 없었다.

대부분이 상급종, 최상급종이었고 희귀종까지도 넘쳐 났다.

그 숫자는 헤아릴 수가 없을 수준이었다.

'못해도 천만 이상.'

모든 데몬로드가 자기를 따르는 정예만을 데려온 것이다.

그에 비해 내가 끌고 온 군단은 군단이라 하기도 창피할 정도였으니 말은 다했다.

"제길, 괴물이 넘쳐 나는군."

"……다들 정신 바짝 차려. 여기에 '놈'이 있다는 거 같으니까."

뒤에서 오룡들이 수군거리는 목소리가 들려왔다. 오룡들도 '둠'을 다시 만날 것을 손꼽아 기다리고 있었다.

물론 최대한 야차인 게 들통나지 않도록 전신 갑주를 입혀 놓은 상태였다.

'심장이 내려앉을 정도로 무거운 분위기로군.'

이곳에 모인 전력이면 지구를 수십 번은 멸망시킬 수 있을 것이다. 나는 애써 침착하며 신전의 입구까지 다다랐다.

"이곳부턴 데몬로드께서만 들어가실 수 있습니다."

둠의 오른손이라 칭해지는 '둠 나이트' 한 기가 라이라의 앞을 막아섰다.

라이라가 나를 바라보자, 나는 고개를 끄덕임으로써 자리를 지킬 것을 명했다.

그러곤 천천히, 신전 안으로 발걸음을 옮겼다.

어둠이 가득한 문을 넘어서자 곧 바닥이 늪처럼 깊게 패며 나를 끌어당겼고, 다시 눈을 떴을 땐 거대한 원탁이 내 앞에 놓여 있었다.

'조용하다.'

그리고 그 주변으로 모여 앉은 가지각색의 괴물들이 보였다.

그들이 바로 데몬로드다.

그들은 일체의 말없이, 무서울 정도로 오만하게 자신만의 세계를 노닐고 있었다. 다른 이들 따윈 신경조차 쓰지 않겠다는 듯이.

하지만 결코 이는 무관심이 아니었다. 오히려 이곳에서 보이는 작은 반응 하나하나가 큰 영향을 끼칠 것은 알고 자제하고 있는 것이다.

포인트로 싸우는 경매와는 달리, 싸워선 안 된다는 불문율이 있는 암흑 상회와는 달리, 이곳에선 그러한 규칙 따위가 하나도 존재하지 않기 때문이다.

전쟁은 이미 시작되었다.

절대로 긴장을 늦춰선 안 되는, 무섭도록 적막한 전쟁의 서막이었다.

# 47장
# 태양왕

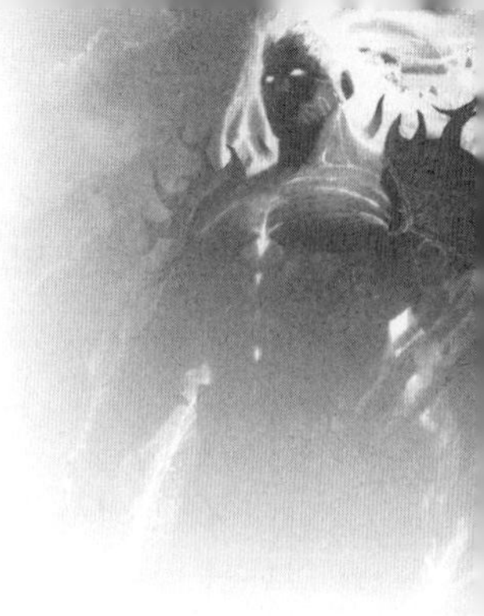

'눈치채지 못했다.'

그리고 나는 그 적막함 속에서 조용히 그들의 반응을 살피고 있었다.

먼저 내게 적용된 '신성'을 그들은 눈치채지 못한 듯싶었다. 영혼의 격이란 내가 드러내지 않으면 쉽게 알 수 있는 종류의 것이 아니므로.

특히 둠.

그는 내게 일체의 관심조차 주지 않았다. 이는 내가 오한성임을, 정수의 약탈자임을 전혀 알고 있지 못한 것이다.

가짜 알레테이아의 반응으로 말미암아 그럴 것이라 추측하긴 했지만 약간의 긴장도 하지 않았다면 거짓이었다. 그리고 '혐의 없음'이 확정되자 어느 정도 마음이 놓였다.

'다만…….'

하나둘 데몬로드들이 회의장에 도착하기 시작했다. 4개의 파벌, 그리고 중립적인 존재들. 나는 중립 중에서도 중립에 속한 데몬로드다.

그나마 안달톤 브뤼시엘과 연이 있기는 하지만 일이 벌어졌을 때 나의 편을 들어주진 않을 것이었다.

철저하게 혼자인 이 상황에서 나는 최대한 그들을 파악하려고 애썼다. 바깥에서 모여든 괴물들의 정보도 라이라에게 최대한 파악해 놓도록 지시한 뒤다.

이곳에 데려온 군단이야말로 그들이 지닌 '정예'일 가능성이 높기 때문이다. 그리고 그 정예들 중 몇몇은 언젠가 내가 상대해야 할 가능성이 높았다.

다만, 전과 달리 더욱 능동적으로 바뀐 게 있다면.

'심안의 활용도.'

능력의 차이 때문에 '파악 불가'가 되었던 전과 달리 지금은 모든 데몬로드들의 정보를 심안으로 확인할 수 있었다.

멸제의 카르페디엠을 죽여서는 아닐 것이다. 그렇다면 둠마저 똑같이 보이는 게 설명이 되지 않았다.

아마도 새로이 얻은 신성 덕에 '이데아 시스템'으로 편입된 영향일 터였다.

**이름:** 둠(value-지배 불가)

**직업:** 데몬로드

**칭호:**

- 둠(10Lv, 모든 능력치+8)
- 파멸의 전조(10Lv, 모든 능력치+8)
- 갈망하는 자(7Lv, 모든 능력치+4)

**능력치:**

힘 140(120+20) 민첩 140(120+20) 체력 140(120+20)

지능 140(120+20) 마력 140(120+20)

잠재력(600+100/600)

**스킬:** 심연(11Lv), 파멸(10Lv), 지옥도(10Lv), 버닝 둠(10Lv)

더 이상 숨겨진 정보는 없었다. 덕분에 나는 이곳에 모인 모든 데몬로드들의 정보를 '염탐'할 수 있었고, 머릿속 깊숙이 새겨놓았다.

그리고 재차 놀랄 수밖에 없었다.

둠. 놈이 달라졌다. 종합 능력치 700. 잘못 본 게 아니다.

'더 강해졌다.'

나찰각에 강림했을 때보다 강해져 있었다.

왜?

본래라면 놈은 상처를 입고 몸을 숨긴 채 휴양 중이었을 터인데.

우리엘 디아블로의 종합 능력치는 이제 600이었다. 멸제의 카르페디엠을 죽이고 순수 능력치가 25가량 상승한 덕이었다.

또한 이곳에 모인 데몬로드 중 둠을 제외하면 제로와 다른 파벌의 수장들이 650 정도로 가장 높았다.

그런데 혼자서 저만한 성장이라니.

수정을 얻은 것도 아닐진대…….

내가 모르는 무언가가 있었단 말인가?

능력치 50의 차이는 어마어마한 것이었다. 특히 높을수록 차이의 현격함은 이루 말할 수 없다. 지금 단계에서 50이라 하면, 거의 두 배라고 생각해도 된다.

말하자면…… 둠 홀로 다른 파벌의 수장 두 명을 상대할 수 있다는 말이다. 왜 그가 자신 있게 회의를 주최한 것인지 이해가 되었다.

'11레벨의 스킬……!'

특히 그보다 눈에 띄는 게 11레벨의 스킬이다.

심연. 원래부터 있었던 스킬일까?

9레벨이 준권능, 10레벨이 권능이라 칭해진다. 11레벨은 마땅히 '신위'라고 불러도 이상하지 않을 것이다. 한 번도 본 적은 없지만, 10레벨 스킬조차 엄청난 활용도를 보여주니 11

레벨은 상상조차 가지 않았다.

"전부 모인 것 같군."

둠이 말했다.

그는 원탁의 중심에 앉아 시선을 돌리며 데몬로드들을 바라봤다.

71명. 놀랍게도 전원이 모였다.

단순히 둠의 포인트를 깎아 먹는 게 아니라, 그들 모두가 이번 회의에 대한 궁금증을 가지고 있다는 방증이었다.

"먼저 제로, 팔콘, 아르하임에게 감사의 인사를 표하지. 그대들이 거리낌 없이 참여해 줬기에 이 자리가 더욱 빛날 수 있었노라고 나는 확신한다."

제로, 팔콘, 아르하임, 그리고 둠.

모두가 각각의 파벌의 수장들이다. 데몬로드 위의 데몬로드.

하지만 그들은 미동도 하지 않았다. 빨리 본 이야기나 꺼내라는 듯, 둠을 바라보고만 있을 뿐이었다.

"또한 중립을 표방하는 또 다른 데몬로드들 역시 환영하는 바. 이번 회의는 모든 것의 시작이 될 것이다. 변혁과 번영, 진정한 '왕'의 길에 오르는 것에."

'중립'을 말할 때의 둠의 시선은 오로지 안달톤 브뤼시엘에게 고정되어 있었다.

모든 파벌의 수장이 그렇듯, 중립 쪽에서 가장 강한 힘을 보유한 데몬로드가 안달톤 브뤼시엘인 탓이다.

그나마 다른 파벌의 수장과 비벼볼 수 있는 존재는 안달톤 브뤼시엘뿐이었다. 그런 그조차도 세력전으로 가면 밀리긴 하겠으나 그렇다고 결코 무시할 수는 없었다.

경매에서 그가 '던전'을 양보해 준 덕에 나는 세계수를 얻었다. 하나 안달톤 브뤼시엘의 성격이 좋은 것은 또 아니었다.

"둠, 나는 한가하지 않다."

"알고 있다, 안달톤 브뤼시엘. 최근에 찾은 '마혈'을 탐색하는 데 네가 모든 정신을 쏟고 있다는 걸."

"……쓸데없는 오지랖이군."

"나는 심연에서 벌어지는 모든 일을 알고 있다. 도태의 살라만자르가 '고산의 용'을 찾아가 그들의 힘을 빌린 것도, 굴리안 모르테가 '신검'을 얻어 보관 중인 것도…… 우리엘 디아블로가 멸제의 카르페디엠을 죽이고 그 자리에 '핵'을 배양 중인 것 역시."

대부분의 이름이 언급되었다.

그리고 언급된 대부분의 데몬로드가 자그마한 경악과 함께 둠을 바라봤다.

알려질 수 없는 정보들이 유출되었기 때문이다.

나 역시도. 조금 다르긴 했지만 놀라곤 있었다.

'악성종양을 말하는 거로군.'

멸제의 카르페디엠이 거머쥐었던 땅은 악성종양에 의해 침식당하고 있었다. 조금씩 그 영역을 넓혀가며 진정한 '마왕의 살점'으로 거듭나는 중이었다.

문제는 나조차 손을 대기가 모호해 일단 방치해 두고 있다는 것. 그것을 '배양 중이다'라고 파악한 듯싶었다. 물론 언제고 때가 되면 수확을 하려고 하긴 했지만…….

'인지를 넘어서는 정보의 획득이다. 단순히 첩보전을 펼쳤다고 하기엔 석연찮은 부분이 많아.'

둠의 발언은 모두에게 충격으로 다가왔다.

어떻게 알고 있는가? 그에 대해 경이로움마저 느낄 지경이다.

둠은 동시에 1순위의 견제의 대상이 되었고, 단번에 이곳 회의장의 분위기를 압도해 버렸다. 진정으로 '중심'이 된 것이다.

'이게 심연의 능력인가?'

단언할 수는 없다. 심연이라는 스킬의 능력이 심연에서 일어나는 모든 일을 알 수 있는 거라면 이는 실로 무서운 것이었다.

그나마 '던전'에서의 일을 들키지 않아 다행이다.

아마도 던전은 심연이 아닌 제3의 지역으로 인식되어 있기에 파악이 불가능한 것일 테다. 알았다면 내가 또 다른 대라선임을 알고 의심할 수도 있으니까.

'안심은 금물이다.'

하나 이것도 확신할 수는 없었다.

둠은 그 속내를 알 수가 없는 놈이었다. 내 반응을 반대로 떠보고 있는 것일 가능성도 배제할 수 없다.

"하지만 애석하게도, 그러한 모든 과정은 결국 '준비'에 지나지 않는다. 언제까지 준비만 할 셈이냐? 우리의 전쟁은 이처럼 시시한 게 아니었을 텐데!"

둠이 돌연 목소리를 높였다.

"100년간 우리는 암묵적인 규칙을 만들었다. 모든 데몬로드가 깨어나면 전쟁을 치르자고. 무법지대인 심연에서 생겨난 최소한의 규율이었지. 그간 우리는 준비하고, 준비하고, 또 준비했다. 이제는 그 준비한 것을 토대로 싸울 때다."

"둠, 우리가 싸우지 않는 이유를 모르지 않을 텐데?"

아르하임이 말했다. 쭉 뻗은 은색의 괴물. 긴 머리통과 날렵한 몸통은 영화 에일리언에 나오는 에일리언을 연상케 만들었다. 날개와 고도로 발달된 여덟 개의 눈이 다르긴 했지만 그 역시 둠과 대등한 위치의 데몬로드였다.

둠은 고개를 끄덕였다.

"두 개의 파벌이 전쟁을 치르면 나머지 파벌들이 뒤를 치겠지. 섣불리 움직일 수 없는 것도 안다. 그리고…… 사천왕의 입김 역시도."

그들이 아무리 데몬로드 위의 데몬로드라고 할지라도 파벌의 수장들에게 입김을 불어넣는 존재들이 있었다.

사천왕. 태양왕, 지옥왕, 천왕, 사자왕이라 각각 불리는 그들은 심연의 절대자들이었다.

"언제까지 그들에게 얽매여 있을 거지? 우리는 우리의 신성한 전쟁을 시작해야 한다. 사천왕이라 불리며 뒤에서 손가락만 빨고 있는 그들에 의한 전쟁이 아닌, 우리의 전쟁을 말이다."

"그들은 심연 자체다. 심연에 있는 한 결코 죽지 않는다. 둠, 너도 알고 있을 텐데?"

아르하임의 말대로였다.

사천왕은 심연의 사랑을 받는 존재들이었다.

그들은 심연에 있는 한, 죽지 않는다. 불멸성을 얻는 것이다. 죽지 않는 자들을 적대시하는 건 굉장히 무모한 선택이다.

하지만 둠은 미소를 지어 보였다.

"불멸이란 존재하지 않는다. 죽일 수 있는 방법이 다를 뿐."

"설마……."

"사자왕을 죽였다."

"……!"

몇몇은 자리에서 일어났다. 데몬로드라 불리는 그들조차도 최대한의 경악을 보일 수밖에 없는 내용이었다.

'라이라의 예상이 맞았군.'

둠이 사라진 시기와 사자왕이 사라진 시기가 비슷하다고.

설마 정말로 사자왕을 살해했을 줄이야.

왜 둠의 능력치가 저토록 상승해 있는지에 대한 이유도 설명이 되었다.

최악이었다. 정수를 얻지 못한 둠이 또 다른 거대한 힘을 얻은 것이다.

게다가 고삐마저 풀려 버렸다. 지금 이 순간, 둠은 모든 데몬로드 중 최상위의 존재가 된 셈이다.

둠은 광기에 찬 미소를 지었다.

놈은 진정으로 '성전'을 원하고 있었다.

다른 이의 강요에 의한 전쟁이 아닌, 그들 스스로가 준비한 완벽한 전쟁을 몸소 실현해 보이고 싶은 것이다.

"원한다면, 그 방법을 알려주마. 태양왕과 지옥왕, 그리고 천왕! 그들이 지배하는 심연의 시대를 우리의 손으로 직접 끝내는 것이다. 그 뒤…… 본격적인 '위대한 별'의 쟁탈전을 시작하지."

"……급히 회의를 소집한 이유를 알겠군. 이대로 가만히 있으면 다른 사천왕이 힘을 합쳐 너를 배제시키겠지."

아르하임.

그의 지적은 옳았다. 둠 역시 몰려 있는 것이다. 사자왕이 죽었다면 다른 왕들이 가만히 있을 리 만무했다.

권위자인 그들은 평상시엔 서로를 적대하지만, 데몬로드에 의해 하나가 죽었다면 모두가 힘을 합쳐 그 데몬로드를 배제할 게 분명했다.

혼자선 결코 감당할 수 없다.

그리고…… 그렇다면.

"왜 저주받은 신전에 대한 허가를 모든 사천왕이 한 줄 알겠구나. 둠, 이곳은 너의 무덤이 될 것이다."

빌어먹을!

다른 이들은 받아들이는 데 살짝 시간이 걸리고 있지만, 나는 아르하임의 말이 무엇을 뜻하는지 단번에 알았다.

'사천왕들이 이곳에 힘을 결집시키고 있다……!'

오로지 둠을 배제시키기 위해서 말이다!

쿵!

나는 원탁을 내려쳤다.

둠이 이곳에 데몬로드들을 모은 건, 혼자 죽지 않기 위해서다. 저 말에 동조하거나 저놈이 하는 '말'을 들으면 더 이상 뒤가 없다.

아르하임이 자리에서 일어났다.

그는 천왕의 비호를 받는 자였다.

"이따위 쓸데없는 이야기를 듣자고 이곳까지 왔다니, 괜히 시간만 낭비했군. 나는 가겠다."

"아르하임, 겁나느냐?"

"너의 세 치 혀에 이용당할 생각이 없을 뿐이다."

아르하임과 그 휘하의 데몬로드들이 자리에서 일어나 등을 돌렸다.

그러자 둠이 말했다.

"천왕은 너를 살려둘 생각이 없다. 네가 '위대한 별'을 얻는 그 순간 너를 죽이고 그 신성을 강탈할 생각뿐이니. 과연 그가 이 자리에 있었던 너를 좋게 볼지 모르겠군."

아르하임이 멈칫했다.

그러나 둠의 말을 받은 건 또 다른 파벌의 수장, 팔콘이었다.

"둠. 그 말, 확신할 수 있나?"

"사천왕을 죽일 수 있는 방법 말이냐? 이미 사자왕을 죽였고 그 방법이 맞으니 다른 사천왕이 이처럼 화가 난 게 아니겠느냐. 또한 너의 후원자인 '태양왕'은 욕심이 무척이나 과한 자이지. 그가 태양왕의 자리에 즉위할 때 모든 후계자들을 죽인 것을 보면 알 수 있다."

정확히 말하자면 한 명이 살긴 했다.

우리엘 디아블로.

바로 나 말이다.

하지만 이는 세간에 잘 알려지지 않을 사실이었다. 팔콘도 모를 가능성이 높았다.

둠은 어깨를 으쓱했다.

"머지않아 그들이 당도할 것이다. 이는 그들의 힘을 약화시키고, 심연의 진정한 주인을 가릴 수 있는 절호의 기회이기도 하다. 흥미가 동하지 않느냐?"

둠은 확신하고 있는 듯했다. 그들 모두가 자신의 말을 따를 것이라고.

"내겐 상관없는 이야기로군."

안달톤 브뤼시엘이 일어났다.

맞다. 중립의 입장인 로드들은 굳이 둠의 말에 동조할 필요가 없었다.

하지만 둠은 그조차도 아니라는 듯 고개를 저었다.

"안달톤 브뤼시엘, 네가 사자왕의 배다른 형제임을 나는 알고 있다."

"……."

"그리고 너와 비슷한 자가 이곳에 또 있지. 우리엘 디아블로."

내 이름이 언급되었다.

나는 굳은 표정으로 둠을 바라보았고.

"새로이 즉위한 태양왕의 유일한 혈육이 너라는 걸 말이다."

둠은 태평한 목소리로 말했다.

노곤함마저 느껴지는, 그 특유의 목소리에 나는 잠시 할 말을 잃고 말았다.

'태양왕의 피가 흐른다고?'

태양왕.

우리엘 디아블로는 그를 피해 달아났다. 라이라를 지키고자 그곳을 떠날 수밖에 없었다.

우리엘의 기억 속에 태양왕과 관련된 모든 것은 공포로 얼룩진, 무정한 얼굴들뿐이었다.

한데, 혈육이다?

피가 이어진?

'둠의 거짓이거나, 우리엘도 몰랐거나.'

확실한 건 우리엘의 기억 속에 태양왕의 피와 관련된 일화는 없었다는 것이다.

만약에 우리엘이 태양왕의 피가 이어진 혈육이라면…… 어쩌면, 모든 '후보자'를 죽였으면서도 그가 유일하게 우리엘만 살린 이유가 될 수도 있겠다.

더불어 라이라와 우리엘의 도주를 방관한 것 역시.

'이상하다곤 생각했지.'

무려 심연을 네 등분한 왕 중의 왕이다.

아무런 힘없는 우리엘과 라이라가 도피하는 걸 못 잡을 리 만무했다.

최대한 은신하긴 했지만, 그래 봤자 독 안에 든 쥐와 같지 않나.

하지만 이건 어디까지나 가능성의 이야기다.

둠이 중립의 데몬로드들에게 정당성을 부여하고자 허세를 놓고 있을 수도 있었다.

"우리엘, 너 자신조차도 몰랐을 것이다. 아니, 누가 알았을까? 가장 최근에 즉위했으나 베일에 가려진 태양왕, 그의 자식이 너라는 걸 말이다."

"……근거는?"

진지하게 물었다.

우리엘에게 숨겨진 비화가 있다니. 어쩌면 이 진실이야말로 나머지 동화율을 올리는 결정적인 열쇠가 될지도 모른다.

둠은 느긋하게 답했다.

"사자왕의 숨겨진 비동에 존재하는 특급 기밀이다. 그곳에 너와 태양왕의 관계에 대해 꽤 자세하게 기술되어 있었지. 권능의 유사성, 바로…… '미래 선택'에 관해서 말이다."

미래 예시 따위가 아니다.

미래의 선택.

수많은 가능성 중 하나를 잡는 게 우리엘 디아블로의 진정한 권능이었다.

그리고 우리엘 디아블로는 그 가능성 중 하나로 나를 잡았다. 나와 동화하고, 불가능을 가능으로 만들어 보이고자 모든 걸 걸었다.

한데 태양왕 역시 그러한 권능을 가지고 있단 말인가?

"말도 안 되는 이야기로군. 미래를 선택할 수 있다면 지금 내가 이 자리에 있지 않았겠지."

일단 부정했다.

둠은 고개를 끄덕였다.

"미래 선택에 관한 내용은 확실히 부실하지. 하지만 '별의 기록'을 보면 미래가 크게 두 번 틀어졌음을 알 수 있다. 태양왕의 즉위, 그리고 우리엘 디아블로의 출현. 이 두 가지와 맞물리며 기록이 달라지지. 우연치곤 묘하지 않느냐?"

"별의 기록……?"

"알고 있느냐? 모든 가능성은 결국 하나로 귀결된다는 것을. 사자왕은 그것을 '별의 기록'이라고 부르더군. 별의 탄생과 종말은 정해져 있다는 거다."

둠은 움직이지 않았다. 둠은 자리에 앉은 자세 그대로, 이미 모든 이가 자신이 내던진 떡밥을 물었다는 자신감을 가지고 말하고 있었다.

“또 다른 말로는…… 그래, ‘미미르의 샘물’이라고도 하더군. 지식의 샘, 본래라면 위그드라실에 있어야 하는 것이지만.”

“우주수(宇宙樹) 말이냐?”

팔콘이 관심을 보였다. 태양왕의 후원을 받는 데몬로드로, 매우 흥미가 깊다는 듯 나와 둠을 바라보던 중이었다.

둠이 고개를 주억거렸다.

“사천왕은 ‘위대한 별’이 심연에 안착하는 것을 대가로 위그드라실의 지혜를 손에 넣었다. 사자왕은 미미르의 샘물을, 나머지는 또 다른 것들을.”

“대가라면, 누구에게서 받았다는 거냐?”

“그 이름을 입에 담아선 안 되는 자. 말해봤자 너희들은 모를 것이다.”

고블린의 신에게서, 가짜에게서, 그리고 둠에게서도 같은 이야기가 나왔다.

이름을 입에 담으면 안 되는 자……. 대체 누구란 말인가.

이어, 둠이 처음으로 재밌겠다는 듯 조소를 지어 보였다.

“하지만 그를 이곳에 초청하는 것도 꽤 재밌겠군. 니드호그, 그 추악한 뱀을 말이다.”

……니드호그?

모든 뱀의 왕. 위그드라실의 뿌리를 먹으며 살아가는 절대 악이다.

신화 속 존재이지만 요르문간드가 등장한 시점에서 이미 모든 신화와 전설들이 뒤섞이고 있음을 알 수 있었다.

쿠릉!

순간, 땅이 뒤틀리는 소리가 들렸다.

두근!

심장 부근이 저릿하다. 전신에서 털이 쭈뼛 서는 것만 같았다. 상상을 초월하는 마력이 감지되었기 때문이다.

모든 데몬로드가 동시에 느꼈다.

둠은 눈을 좁히며 그런 데몬로드들을 바라봤다.

"그는 격조 높은 죽음을 먹어 치워야만 사라진다. 신을 잡아먹는 뱀이니, 적어도 사천왕의 목숨이나 데몬로드의 절반은 죽어야 만족하며 돌아가겠지."

"무슨 짓을 한 거지?"

내가 물었다. 묻지 않을 수가 없었다.

그저 이름을 불렀다고 소환되는 건 이상하다.

니드호그.

그 이름이 금기처럼 여겨진 건 사실이지만 이는 두려움과 공포 때문일 가능성이 높았다.

둠은 그제야 자리에서 일어났다.

"'저주받은 신전'의 중심부. 이곳에 일정 이상의 마력이 모이면 '절대악'이 강림하기에 더없는 대지가 된다. 이미 한 번 해봐서 그런지 잘된 모양이군."

둠은 나찰각에 강림한 적이 있었다.

설마 그게 예행 연습이었다고?

그제야 다른 데몬로드들도 자신들이 이용당했음을 깨달았다.

"둠……! 우리들을 촉매로 삼은 게냐?"

"어이가 없군. 무엇을 소환하려는 건지는 몰라도 너 역시 이곳에서 살아나가진 못할 것이다!"

대다수의 데몬로드가 둠을 노려봤다. 압축된 분위기가 단번에 터질 것만 같았다.

하지만 둠은 느긋했다.

"나를 죽인다? 그다지 추천할 만한 선택지는 아니로군. 니드호그는 적군과 아군의 경계가 없다. 하지만 만족할 만한 죽음을 먹어 치우면 사라지지. 죽기 싫으면 죽여라. 마침 사천왕이라는 먹이가 다가오고 있지 않느냐?"

나는 침을 꿀꺽 삼켰다.

젠장할!

설마 이런 함정을 파고 기다리고 있을 줄은 꿈에도 몰랐다. 나만이 아닌 모든 데몬로드에게 해당되는 사항이었다.

하지만, 동시에 깨달았다. 둠의 말을 듣고서 알게 된 게 있었다.

나는 나지막이 입을 열었다.

"설마 사천왕을 죽일 수 있는 방법이라는 게……."

"바로 그렇다. 니드호그, 그 죽음의 뱀은 모든 것을 먹어치운다. 진정한 불멸마저도! 사자왕은 이것을 이용해 다른 사천왕을 죽이려고 했지. 설마 자신이 준비한 방법으로 죽을 줄은 꿈에도 몰랐겠지만 말이다."

더 이상 뒤가 없는 건 둠도 같았다.

그는 나를 비롯한 모두에게 선택을 강요하고 있는 것이다.

잡아먹힐 것이냐, 잡아먹을 것이냐?

이제는 사천왕과 데몬로드의 생존을 건 전쟁이 되었다.

고오오오오오오-!

신전이 떨렸다. 급히 신전을 빠져나와 하늘을 바라보자 정말 거대하기 짝이 없는…… 거대하다고밖에 할 수 없는 뱀의 배 부분이 보였다.

시야로 확인할 수 있는 건 뱀의 '일부'뿐이었다.

일부는 계속해서 증식하며 심연을 가득 채우고 있었다.

"모든 부위가 소환되면 모두 죽을 것이다. 놈을 돌아가게 할 수 있는 방법은 하나. 사천왕을 죽이고 그들의 죽음을 바치는 거다."

한 가지는 아니다.

'신성'을 가진 나는 더욱 절실하게 니드호그의 존재를 실감하고 있었다.

욕이 절로 나오려는 걸 애써 참았다.

이곳에서 유일하게 나만이 '신성'을 가지고 있다. 그 신성은 저 뱀에게도 여실하게 반응하고 있었다.

니드호그 역시 '거신(巨神)'으로 취급하는 것이다!

[절대악, 니드호그가 강림하고 있습니다.]

[신성 '거신사냥꾼'이 발동하며 니드호그를 상대할 때 모든 능력치가 50% 상승합니다.]

[하나 니드호그 역시 '거신사냥꾼'의 기척을 알아차리고 가장 먼저 달려들 것입니다.]

바로 이거다. 거신과 나는 대칭점의 관계. 천적과 천적이니 가장 먼저 제거하려 들 게 뻔했다.

또한, 가장 먼저 나를 잡아먹으면 니드호그는 돌아갈 것이었다.

항시 50%의 능력치가 상승한다면 이 전쟁을 내가 끝낼 수도 있겠으나, 애석하게도 이 능력치의 상승은 '거신'을 상대할 때에만 한정된다.

그리고…… 설령 그만한 능력치의 상승이 있다고 하더라도.

'이길 수 없다.'

처음이었다.

이만한 전율, 이만한 압도감.

우리엘 디아블로의 신체로 전이한 이후에는 더더욱.

니드호그. 그는 신을 잡아먹는 뱀이다. 세계를 멸망시키고, 모든 것의 종말을 바라는 절대악이었다.

이제야 알겠다.

내게 힘을 준 관리자들이 모두 그에게 살해당했다는 걸.

'가짜 알레테이아가 말했지. 그녀가 잠들고 그들이 깨어났다고. 그들 중 하나가 니드호그라면 나머지 하나는 흰 독수리 흐레스벨그다.'

신화 속 이야기를 토대로 가정했다.

위그드라실의 뿌리를 먹는 니드호그, 균열을 일으키며 날갯짓을 하는 흐레스벨그, 그리고 그녀는 둘의 사이를 중재하는 '라타토스크'가 분명했다.

이 모든 게 그 셋에게서 비롯되었다면 니드호그를 막을 수 있는 진정한 방법은 잠든 그녀를 깨우는 것일 테다.

하지만 당장은 방법이 요원했다.

애당초 니드호그는 왜 신들을 잡아먹고 다닌단 말인가?

'모든 것은 위대한 별을 채우기 위해…….'

가정이다. 모든 건 가정이었다.

균열을 일으키는 게 흐레스벨그라면, 그 힘을 지금 이 순간에 가장 잘 이용하는 자들은 당연히 암흑 상회와 암흑인들이었다.

그리고 암흑인들은 오로지 '위대한 별'을 위해 일한다.

여태껏 위대한 별의 대변자 정도로 생각했지만…… 그게 아니라 흐레스벨그의 부하였다는 건가?

니드호그와 흐레스벨그의 사이는 최악이다. 신화가 전해다 주는 이야기가 모두 진실이라면, 그녀가 잠든 지금 니드호그를 막을 수 있는 건 흐레스벨그뿐이었다.

그리고 정말 '위대한 별'이 흐레스벨그의 작품이라면, 니드호그를 막을 열쇠 역시 거기에 있지 않을까?

'위대한 별을 가진 자, 모든 것을 얻는다.'

달라진 건 없었다.

결국은 위대한 별이었다. 허무, 니드호그, 세계…… 모든 열쇠가 그곳으로 향하고 있었다.

당장은 요원한 일이었다. 데몬로드 중 하나만이 그 자리에 올라설 수 있다. 어쩌면 그조차도 부족할지 모르는 현실이었다.

'당장은 살아남는 것만 생각해야겠군.'

우리엘 디아블로의 죽음은, 오한성의 죽음과도 같다. 동화율이 현격히 높아져서 서로가 서로에게 강한 영향을 끼치고 있었다.

그러니 살아야 한다.

"마침 오고 있군. 사천왕…… 그들도 눈치챘겠지. 이제 더 이상 뒤가 없음을 말이다."

둠은 팔짱을 낀 채 웃고 있었다.

그리고 지평선 너머에서, 셀 수조차 없을 정도로 어마어마한 군단이 몰아닥치는 중이었다.

그 숫자는…… 만 단위가 아니다.

억!

심연의 모든 괴물을 모아 놓은 것만 같은 현상에 나조차도 정신이 아찔해지는 것만 같았다.

'정말로 둘 중 하나가 끝나야 하는 건가?'

사천왕이 죽거나, 데몬로드들이 죽거나.

정말 선택지가 그 둘밖에 없는 걸까?

하나, 나는 살아야 했다. 살아서 끝을 봐야 했다.

내 종착점은 이곳이 아니었기에.

"선택해라! 저들을 죽일지, 이대로 죽음을 받아들일지!"

둠이 모든 데몬로드에게 강요하고 있었다.

그리고 결과는 정해진 것과 같았다.

사천왕이라 칭해지는 절대자들은 누군가를 위해 자신을 희생시킬 족속들이 아니다. 이곳에 모인 모든 데몬로드를 '반역자'로 보고 처형할 생각인 것이다.

후원자. 그러한 개념이지만, 원래부터 서로 간에 소통이 원활하지 않다는 것 정도는 알겠다. 사천왕과 데몬로드의 관계는 형식상에 지나지 않는 것이다.

만약 사천왕의 '불멸'을 깨부술 방법이 존재한다면, 데몬로드들은 그 특성상 사천왕이라 칭해지는 그들에게 진즉 반기를 들고도 남았다.

그럴 방법이 없어서 수그리고 있었을 뿐.

'자신들을 죽일 방법을 알게 된 이상 살려둘 순 없다는 거겠지.'

심연에 존재하는 무수한 괴물들.

데몬로드를 대체할 수 있는 건 많다는 걸까?

또한 사천왕도 '니드호그'가 무슨 존재인지를 알고 있다면, 저처럼 필사적으로 달려드는 것도 이해는 되었다.

둠은 재미있다는 듯 광소했다.

"이 전쟁으로 말미암아 우리는 진정한 '최강'이 된다. '최강'의 전쟁을 시작할 수 있게 되는 것이다. 그리하여 하나만 남는다면, 그야말로 모든 별의 지배자라 할 수 있을 터!"

둠이 손가락으로 지평선 너머를 가리켰다.

"저들은 방해물이다. 우리의 앞을 막는 존재다. 지금이야말로 오래된 왕조를 끝내고 새로운 우리들의 시대를 시작할 때다. 데몬로드! 우리야말로 진정한 왕임을, 우리야말로 진정한 세계의 적격자임을 알릴 때란 말이다!"

둠은 광분하고 있었다.

자신이 벌린 판에, 한 치 앞을 알 수 없는 미래를 내다보며 전율하는 중이었다.

그야말로 파멸의 전조라 할 만했다. 그 이명만큼이나 파멸적인 행사에 심연의 모든 절대자가 휘말렸으니 말이다.

"둠, 너는 마음에 안 들지만……."

"사천왕의 불멸을 끝낼 수 있는 기회인 것만은 확실하군."

하나둘 데몬로드들이 자신의 군단 앞으로 나아갔다.

전쟁의 준비를 위해서다.

사천왕이라 칭하며 위에서 자신을 바라보던 처사에 데몬로드들도 그간 기분이 별로였음을 알려주는 대목이었다.

반대는 없었다.

지금 분위기에서 반대할 수 있을 리가 없었다. 반대하는 순간, 가장 첫 번째 먹잇감이 될 게 분명했으므로.

결국 모든 분위기가 둠이 원하는 대로 흘러가고 있었다.

'마음대로 되게 둘 수는 없지.'

모든 선택지가 마음에 들지 않았다.

서로가 서로를 끝장낼 때까지 죽이거나, 둠의 말로 움직이며 그 의도대로 흘러가게 내버려 둘 수는 없는 노릇이었다.

나는 조커다. 모든 판을 뒤집어엎을 수 있는 단 한 장이 되어야 했다.

"……로드시여."

내가 다가가자 라이라가 불안한 눈빛을 감추지 않고 말했다.

그녀의 옆에 있던 이그닐도 공포에 몸을 떨어대고 있었다.

저 멀리서 다가오는 기척들, 그리고 하늘 위를 좀먹은 '니드호그'의 존재.

뭐 하나 정상적인 게 없으니 불안할 것이었다.

"설명할 시간이 없다. 전쟁을 준비하라."

"상대는 사천왕입니까?"

"사자왕을 제외한 모든 사천왕이다."

"명령을."

라이라가 짧게 고개를 숙였다. 사건의 심각성을 단번에 파악한 것이다.

나는 고민했다. 내 한마디에 그녀는 자신의 생사를 신경 쓰지 않고 전장으로 뛰쳐나갈 것이다. 그리고 아주 높은 확률로 죽을 것이었다.

이는 내 목적에도, 우리엘 디아블로의 소망과도 거리가 먼 상황이다.

'내게 유리한 점을 살려야 한다.'

다른 데몬로드들과 다르게 내게 유리한 점이 있다면…….

'신성, 그리고 정보와 전이.'

신성은 거신과 싸울 때만 한정되니 이는 최후의 보루였다.

결국 정보와 전이 두 가지로 상황을 타파해야 한다.

이대로 전쟁에 아무 준비 없이 나가는 건 죽음을 의미했다.

게다가 갑자기 만들어진 이 판도가 별로 마음에 들지 않았다. 데몬로드가 멸망하는 것은 내가 바라 마지않는 거지만 그래선 진실로 모든 '끝'이 아니었으니.

'진정한 끝을 보기 위해 내가 취해야 할 행동.'

생각한다.

결국 모든 실타래는 '위대한 별'과 이어져 있었다.

실타래를 풀지 않고선 미래를 바꿀 수 없다.

데몬로드 모두가 죽어도 누군가가 '위대한 별'을 탐하는 이상 지구는 멸망할 것이다.

둠의 말처럼 온전한 '우리의 전쟁'을 해야 했고, 그러기 위해 사천왕을 죽이는 것도 언뜻 타당하게 들리지만, 반대로 그처럼 정상적인 전쟁은 내가 승리할 가능성 자체를 없애 버리는 것이었다.

'정상적인 전쟁은 내가 바라는 게 아니야.'

온전한 데몬로드의 전쟁?

아서라.

틈이 필요하다. 사천왕의 존재는 그 틈을 벌릴 훌륭한 매개체였다.

물론 니드호그가 강림했으니 누군가는 죽어야 한다.

그러다가 둠이 말한 이야기에서 이상한 바를 포착했다.

'사자왕이 죽고 니드호그가 사라졌다면, 굳이 모두를 죽일 필요는 없다는 거겠지.'

사천왕 중 하나의 죽음만으로도 충분하다는 뜻.

내겐 다른 데몬로드들이 가진 사천왕에 대한 적의가 없다.

그러니 더욱 객관적으로 판단할 수 있을 것이다.

만약에 태양왕과 접촉할 수단이 존재하고, 그의 마음을 돌릴 수만 있다면 전쟁의 승기가 완전히 이쪽으로 기울 터.

하지만 태양왕이 다른 사천왕과 같이 자신의 불멸성을 지키고자 모든 데몬로드를 죽일 작정이라면 이 작전도 별 소용이 없다.

그러나 아예 손 놓고 있는 것보단 나았다.

'게다가 둠이 정말로 사자왕을 죽이고 적대적인 관계로 돌변했는가에 대한 신빙성이 없다.'

교묘한 말로 감췄지만, 정말로 사자왕은 죽은 걸까?

믿을 수 있는 객관적인 정보가 없었다.

그저 사라졌다는 게 전부.

다들 시간과 상황에 쫓겨 액면 그대로의 말에 신뢰성을 던진 것에 불과했다.

모든 걸 믿을 수 없으니 나만의 '길'을 모색해야 했다.

'문제는 이곳에서 태양왕에게 접근할 방법이 전무하다는 건데.'

혼자 따로 노는 건 불가능하다. 전장에 본격적으로 돌입하게 되면 이탈은 곧 죽음이다. 무엇보다 다짜고짜 데몬로드인 내가 움직인다면 모든 것이 경계할 게 분명했다.

데몬로드들도, 사천왕들도.

이그닐을 바라봤다.

"이그닐."

"으응?"

"'문'을 열어 다른 사람을 보낼 수 있나?"

이그닐은 모든 문을 열 수 있다. 화천과 싸울 때의 현상은 그때가 처음이었지만 다른 걸 보내는 게 가능하다면 사람도 보낼 수 있을 것이다.

이그닐이 고개를 끄덕였다.

"있어!"

좋다. 전송이 가능하다면 내가 취할 수 있는 선택의 폭이 넓어진다.

태양왕에게 누구의 주목도 받지 않고 다가갈 수 있는 존재가 필요했다. 더불어 본신의 능력이 우수하며 만일의 사태에서 살 가능성이 조금이라도 있어야 한다.

라이라도, 이그닐도, 이곳에 있는 누구라도 눈에 띈다.

하지만 제삼자. 전혀 연관이 없을 것처럼 보이는 존재가 있었다.

"또 다른 '나'를 이곳으로 전송시킬 수 있겠느냐?"

"이그닐, 아빠 말 잘 들어. 해볼게."

물론 위험은 동반한다. 그래도 걸어볼 만한 도박이었다.

우리엘의 시선으로는 보이지 않았던 것들. 둠의 이야기가 사실이라면, 우리엘과 태양왕이 '혈연관계'라면 풀리지 않았던 의문점들이 풀린다.

내가 태양왕에게 전할 것은 하나뿐이었다.

'미래 선택에 관해 할 이야기가 있다'고.

어디까지나 확률은 반반이다.

실패는 곧 죽음이다.

반대로 성공한다면…….

'판을 뒤엎을 수 있다.'

둠이 만든 판이 아닌 온전히 나만을 위한 '판'을 만들 수 있을 것이다.

둘 중 하나만 살아남는 건 내가 바라는 게 아니다.

사천왕이 승리할 경우 나는 죽을 것이며, 둠을 비롯한 데몬로드들이 승리할 경우 내 바람은 멀어진다.

그러니…… 일회성이 아닌, 서로가 계속해서 끊임없이 싸우도록 만들 구실이 필요했다.

이 상황만 잘 타개하면 '틈'은 벌어지고 내 영향력이 더욱 비대해질 기회를 얻을 수 있을 터였다.

'판을, 뒤엎는다.'

반드시 그래야 했다.

왕들이 저 너머를 바라봤다.

거대한 뱀은 조금씩 소환되며 먹이를 노리는 중이었다.

저 뱀, 니드호그가 완전하게 깨어나기 전에 결착을 지어야 한다. 왕들도 그러한 사실을 알고 있었다.

태양왕.

그도 그중 하나였다. 사천왕 중 가장 젊은 피였으며, 모든 게 베일에 싸여 있는 신비주의자.

그리고 그의 앞에 '전령'이 도착해 있었다.

"태양왕이시여, 팔콘께선 지금의 충정을 저버릴 생각이 없다고 하십니다. 당장에라도 필요하다면 둠의 목을 바칠 준비가 되어 있습니다."

태양왕.

거대한 거구의 마족이 전령을 바라봤다.

전령은 몸을 떨어대며 최대한 조아렸다. 태양왕이 얼마나 무서운 존재인지 뼈저리게 알고 있기 때문이다. 그리고 그러한 '공포'는 팔콘조차도 두려움에 떨게 만들기 충분했다.

다른 사천왕과 달리, 새로이 즉위한 태양왕은 자신의 적들을 모두 깨부수며 올라갔다. 그 과감함과 비정함은 모두의 충의와 공포를 사기에 차고 넘쳤다.

"둠의 목 따위는 내가 알 바가 아니다."

태양왕이 거대한 손을 들어 목을 긁적였다.

수천만의 괴물을 다스리는 심연의 왕. 그의 말 한마디에 모든 게 이뤄진다. 불가능을 가능으로 바꾸는 힘이 그에겐 있었다.

"어찌하면 저희의 충정을 알아봐 주시겠나이까?"

"뱀을 잡아 오라."

"……뱀이라 하시면?"

태양왕이 고개를 들어 하늘을 바라봤다.

"주제도 모르고 하늘을 뒤덮은 저 녀석 말이다."

"니드호그 말입니까?"

"그런 이름이었지. 나는 저 뱀에게 '위대한 별'을 먹이고 그 배를 가를 것이다. 뱀의 배에서 나온 정수의 힘은 감히 세계를 재구성할 정도의 것일 테니."

……보는 게 다르다.

다른 왕들은 사냥개가 자신을 사냥감으로 보는 것에 대한 반발로 공격을 시작했지만, 애당초 태양왕은 그런 건 안중에도 없었던 것이다.

"하지만, 둠의 말에 따르면 저 뱀을 잡는 건 불가능하다고 합니다."

"저 뱀은 태초의 저주와 같은 존재. 뱀을 잡으려면 그와 같은, 그 이상의 저주가 필요하다."

태양왕의 눈이 지평선 너머를 바라봤다.

"그런데 마침 이곳에 알맞은 먹이들이 있지 않느냐?"

알맞은 먹이는 데몬로드를 뜻하는 것이었다.

전령이 정색했다.

"……태양왕이시여. 팔콘 님을 저버리실 생각입니까? 그분은 왕을 위해 여태껏 헌신했습니다."

"그러면 끝까지 헌신하라. 몸의 작은 부분 하나조차도 나를 위해 버려라."

무섭도록 매정한 말이었다.

전령이 몸을 부들부들 떨었다.

"진정으로 전쟁을 원하시는 겁니까?"

"전쟁? 코끼리가 개미와 전쟁을 하는 것을 보았느냐?"

태양왕의 말에는 진심이 담겨 있었다.

데몬로드들의 반항 따윈 무의미하다는 듯.

"살고 싶다면 내가 혹할 정도의 것을 내놓아라. 둠의 목 따위로는 성이 차지 않노라."

태양왕은 답을 던져 주지 않았다. 알아서 기라는 거다.

전령의 얼굴이 붉어졌다.

"어찌하여! 저희는 오로지 태양왕을 위해……!"

"멍청한 놈. 팔콘이 너를 내게 보낸 이유가 온전한 '헌신'을 위해서였다고 보느냐?"

태양왕이 혀를 찼다.

"너를 내게 보냄으로 인해 나는 다른 사천왕들의 주의를 끌게 되었다. 그들은 내가 혹여나 배신을 할까 언제 어디서든 나를 지켜보고 있으니."

"하, 하오나, 누구도 저를 보지 못했습니다."

"그들의 눈은 어디에도 있다. 적어도 모든 '심연의 존재'는 그들의 눈을 피할 수 없지. 예의주시하고 있는 곳이라면 더더욱."

태양왕이 손을 뻗어 전령의 목을 쥐었다.

"커허헉……!"

"팔콘은 온전히 내게 헌신하지 않는다. 놈의 헌신은 자신을 위한 것일 뿐. 이렇게 너를 보내 나를 견제하는 게 목적일 테지. 그사이 어느 쪽이 더 유리한지 재고 있을 터."

전령이 눈을 부릅떴다.

촤아악!

그리고 그대로 몸과 목이 분리되었다.

태양왕은 이미 시체가 되어버린 전령을 바닥에 버리고 나른한 눈빛으로 바닥을 내려다보았다.

"이제 그만 나오거라, 인간이여."

검은 기류, 그 안에 또 다른 존재가 숨어 있었다.

이윽고 검은 기류 안에서 조금씩 무언가가 나오기 시작했다.

칠흑의 손길 스킬로 모습을 숨긴 오한성이었다.

놀랐다. 놀랄 수밖에 없었다.

검은 기류를 파악한 괴물은 많았지만 단번에 '인간'인 것조차 알아볼 줄이야.

나는 '선'을 볼 수 있었고, 우리엘 디아블로와 이어진 선을 쫓아 이곳에 당도했다. 그리고 태양왕으로 추측되는 존재를 찾을 수 있었다.

더불어 팔콘의 전령과 하는 이야기를 들으며 침을 꿀꺽 삼킬 수밖에 없었다.

'파벌의 수장인 팔콘이 움직였다. 그럼에도 태양왕은 받아들이지 않았다…….'

데몬로드를 살려둘 생각이 아예 없는 듯싶었다.

그렇다면 내 계획 자체가 소용이 없을 가능성이 높았다.

돌아갈까 생각할 때, 그가 나를 발견한 것이다.

그리고 들킨 이상 도망치는 게 불가능하다는 걸 본능적으로 깨달았다.

"심연에 인간이 있다니 드문 일이로군."

"……미래 선택에 관해 할 이야기가 있다."

바로 본론을 꺼냈다. 그는 잡담을 별로 좋아하지 않는 성격 같았으니.

"미래 선택이라. 특이한 말을 하는구나."

하지만 예상외로 덤덤하다.

해서 나는 주변을 살폈다.

'반응이 아예 없는 건 아니야.'

주변의 괴물들이 미묘하게 거리를 뒀다는 걸 알 수 있었다. 본인은 무덤덤한 척했지만 아마도 다소 거슬리긴 한 것일 테다.

"방금 전과 같이, 내가 동하지 않는 이야기를 한다면 너는 이 자리에서 찢어져 죽을 것이다."

"나는 우리엘 디아블로, 그의 전령이다."

"……."

하지만 이번에는 명확하게 반응이 있었다. '우리엘'이란 이름에 반응하고 있는 것이다.

"그가 말하길, 미래의 수많은 가능성을 보고 좌절했다고 하였다. 이번 전쟁 역시 마찬가지."

직구로 던졌다.

솔직히 여기서부턴 임기응변의 싸움이다.

하지만 정말로 태양왕이 같은 '미래 선택'의 권능을 가지고 있었다면, 그리고 그것을 사용했다면 결코 허언이 아니라는 걸 알아차렸을 것이다.

'진실과 거짓을 섞는다.'

그것만이 내가 진정으로 승리할 수 있는 유일한 길이었다.

진실과 거짓. 그 속에서 피어나는 한 줄기 희망!

과연 내 '말'이 태양왕의 마음을 움직일 수 있을지, 지금부터가 도박을 걸 때였다.

"우리엘 디아블로, 그 배신자의 말을 믿으란 말이냐."

태양왕은 철갑을 두른 듯 무덤덤했다. 감정의 흔들림 자체를 읽을 수가 없었다.

조그마한 흔들림조차 허락하지 않는 완전무결함.

그러니 저 자리에 오롯이 서 있는 것이겠지만…….

하지만 그 미묘한 단어의 '선택'에 있어서 생각할 여지는 있었다.

'배신자. 도망간 걸 말하는 거로군.'

우리엘은 라이라와 함께 태양왕의 울타리를 벗어나 도망쳤다. 태양왕이 라이라를 자신의 첩으로 맞으려 했기 때문이다.

"믿지 않으면 모두가 죽는다. 태양왕, 너의 목숨과 관련된 이야기이니 둠의 목 따위보단 더 흥미가 동할 텐데."

쿠르르릉.

캬아아아아아.

한 발자국, 괴물들이 다가왔다.

태양왕의 주변을 호위하는 괴물들은 모두가 정말로 아득해질 정도로 강력했다.

왜 태양왕이 자신을 '코끼리'로, 데몬로드들을 '개미'로 표현했는지 알겠다.

적어도 어지간한 데몬로드에 필적하는 괴물이 다섯.

그들의 살기를 온몸으로 받아치는 것만으로도 정신이 곤죽이 되어버릴 것만 같았다.

태양왕 앞에서의 무례함을 따지는 거다. 하지만 숙이고 들어가는 태도로는 태양왕에게 확실한 메시지를 전달할 수 없다고 판단했다.

"내가 죽는다……. 누가 있어 나를 죽일 수 있단 말이냐? 어느 누구도, 다른 사천왕마저도 나를 해할 수는 없거늘."

하나 태양왕은 오만했다. 자신이 있어 보였다.

둠이 말한 게 사실이고, 그가 태양왕의 자리에 즉위할 때 '미래 선택'을 했다면, 아마도 수많은 가능성 중 만인지상의 자리에 앉을 수 있는 가능성을 선택했을 것이다.

하지만 이토록 커다란 전쟁을 그는 보지 못했다.

우리엘 디아블로와 마찬가지로 한번 '선택'해 버리면 미래 선택이란 권능이 증발해 버리는 듯싶었다.

생각하자. 누가 있어 그를 죽일 수 있을까?

"……사자왕."

"사자왕? 놈은 죽었다. 다른 사천왕 모두가 확인한 사실이지."

뇌가 가열될 것만 같았다. 하지만 계속해서 떠올려 본다. 둠이 했던 말들. 그 속에 감춰진 '이상'을 찾아내는 것이다.

'둠은 어떻게 그 많은 정보를 알고 있는 거지? 게다가 나찰각에서 입은 상처를 이토록 빠른 시간에 회복할 수 있었던 거고?'

십이나찰은 결코 약하지 않다.

그들이 필사적으로 막아선 게 둠이다.

하물며 둠은 마지막의 순간, 역소환을 당했다.

역소환. 모든 마력이 역류해 즉사해도 이상하지 않을 정도의 타격을 입히는 게 바로 역소환이다.

화천이라는 계약자가 죽고, 심연으로 강제 소환당한 둠이 고작 몇 개월 사이에 사자왕을 죽인다?

'불가.'

불가능하다.

만에 하나, 그 이상의 확률로 둠이 사자왕을 죽이는 데 성공했더라도, 그 많은 정보를 습득할 시간이 없다.

다른 데몬로드의 비밀이나, 특히 태양왕과 나와 관련된 이야기는 오랜 시간 노력하지 않으면 알아내는 게 불가능한 것이다.

숨겨진 비고?

미미르의 샘물, 지혜의 물이라는 것으로 우리를 현혹했지만 진실은 어떤가?

'불가.'

아무리 생각해도 '불가능'이다.

사자왕이 죽을 때 다른 괴물들이 손 놓고 구경만 할 리가 없었다. 태양왕을 호위하는 괴물들과 마찬가지로 강력하기 짝이 없는 놈들이 판을 칠 텐데.

그렇다면 역발상으로, 사자왕이 둠을 자신의 비고에 들였다면?

그리고 니드호그에게 먹힌 게 아니라…… 둠에게 일부러 먹혔다면?

'갑자기 강해진 이유가 설명이 되지.'

사천왕과 데몬로드는 다르다.

데몬로드가 데몬로드를 죽이면 '한계 돌파'를 하지만, 이는 '위대한 별'의 축복과도 같은 것이었다.

사천왕을 죽인다고 능력치가 가파르게 상승한다는 건 아무리 생각해도 이상하다.

'처음부터 이상했지만, 급작스러운 상황의 변화가 사고를 멈추게 만들었다…… 라고 해야겠지.'

저주받은 신전, 사천왕의 공격, 니드호그의 출현.

누가 정상적인 사고를 할 수 있겠는가?

하지만 지금에 이르러서야 제대로 생각할 수 있었다.

나는 모든 생각을 정리한 후, 천천히 입을 열었다.

"둠. 그가 사자왕이다."

라이라는 가만히 우리엘을 바라봤다.

그는 지그시 눈을 감고 있었다. 평온하기 짝이 없는 얼굴이지만, 그가 무엇을 하고 있는지 라이라는 알고 있었다.

'전이.'

인간의 몸으로 행동하는 것.

왜 위대한 데몬로드가 인간의 몸으로 활동을 하는지, 솔직히 이해가 안 가는 면도 있지만 우리엘 디아블로는 현명하다. 필요 없는 일은 절대 하지 않을 것이다.

"우리엘 디아블로! 겁이라도 먹은 건가? 한심하긴!"

전쟁은 시작되었다. 산과 같이 거대한 거인과 수많은 용, 그리고 모든 존재가 얽히고설키며 짙은 피 냄새가 사방에 흩뿌려지고 있었다.

데몬로드들은 이러한 대규모 전쟁이 익숙하다. 데몬로드의 자격을 얻기 위해 그들은 서로가 죽일 듯이 싸운 적이 있기 때문이다.

하지만…… 우리엘 디아블로는 움직이지 않았다.

그런 그를 두고 제로 쪽의 데몬로드들이 비아냥거리고 있었다.

"기사들이여! 우리의 로드를 지켜라!"

그러나 라이라와 그들의 군단마저 놀고 있을 수는 없는 노릇이었다.

적이 너무 많다.

자신을 죽이려는 자들이 순식간에 전장을 비집고 들어온다.

좌악!

달려드는 쥬-록의 머리를 베었다. 오크의 최상위종으로 전장에 돌입하면 눈이 돌아버리는 녀석이다.

쥬-록 수천 마리가 라이라의 주변을 에워싸고 있었다.

다른 데몬로드들은 각자의 파벌로 모여서 싸우는 중이었고, 우리엘 디아블로는 철저히 혼자였기에 버림받았다.

그 틈을 괴물들이 놓치지 않고 노리고 들어오는 것이다.

'너무 많아.'

베어도, 베어도, 끝이 나지 않았다.

심지어 몇몇 데몬로드가 일부러 이쪽으로 괴물들을 유도해 진창을 만들어놓았다. 이 역시 제로 쪽에 속한 놈들이었다.

멸제의 카르페디엠을 죽인 복수라도 하는 걸까?

"……악!"

"구화린! 제길, 많아도 너무 많잖아!"

"진을 무너뜨리지 마! 자리를 지켜!"

오룡들도 필사적이었다.

그러고 보니 우리엘은 그들에게 거는 기대가 큰 것처럼 보였다.

하지만 당장 저들은 별로 도움이 되지 않았다. 가까스로 스스로 몸을 지키는 정도가 전부.

저들이 죽는 걸 그는 바라지 않을 것이다.

'해야 돼.'

우리엘이 언제 깨어날지에 대한 기약이 없다.

그를 지키고, 그가 소중히 여기는 것들을 지키려면, 지금의 힘만으로는 역부족이다.

라이라는 자신의 검, 검은 태양을 높이 치켜들곤 고개를 끄덕였다.

그러자.

후아아아아앙!

그녀를 중심으로 거센 풍압이 밀어닥쳤다.

이윽고 그녀의 등 뒤로 숨겨진 날개 하나가 조금씩 모습을 드러냈다.

순백의 날개. 심연에 안 어울리는 신성함 그 자체였다.

여태껏 고의적으로 봉인하고 다녔지만, 상황이 여의치 않았다.

쿠릑?

쿠르르릑!

쥬-록들은 본능적으로 라이라의 변화를 알아차리곤 잠시 거리를 두었다.

이윽고 라이라의 날개가 모두 돋아난 순간.

쉬이익.

바람이 일었다.

그리고 바람이 지나간 자리엔 시체만 남았다.

하나같이 목이 잘린 채로, 눈 깜빡할 사이에 수십 마리의 쥬-록이 바닥을 나뒹굴었다.

짝짝짝!

"대단하군. 라이라 디아블로, 너에 대한 소문을 많이 들었다."

돌연 박수 소리가 들렸다.

고개를 돌리자, 웬 남자 형상의 마족이 어느덧 라이라의 코앞까지 당도해 있었다.

"……!"

"하지만 속도라면 나도 자신이 있는 분야라서. 소개하지. 천왕의 수호기사 '아란델'이라고 하네. 본래라면 그쪽에 있는 데몬로드를 죽이는 게 내가 맡은 임무였지만……."

눈을 감고 있는 우리엘 디아블로를 한 차례 바라보곤, 다시 아란델이 라이라에게 시선을 주었다.

"이쪽이 더 재밌을 거 같아서."

추아앙!

라이라가 급히 거리를 벌렸다.

위험하다. 본능이 경고하고 있었다.

이 힘을 다루는 게 완벽하지 않은 지금은 상대하기 버거운 자라고.

집사 차림의, 자신을 '아란델'이라고 소개한 마족이 한 발자국 허공에 떠올라 그대로 바람을 박찼다.

스팟!

검은 태양을 들어 막았으나, 뺨에서 피가 흘렀다.

놈의 손톱이 기형적으로 길어져 있었다. 아마도 저 손톱이 무기일 것이다.

"엄청난 반응속도로군. 내 갈퀴 손을 막아내다니. 그럼…… 이것도 막을 수 있을까?"

재밌는 장난감을 발견한 어린아이처럼 아란델이 고개를 빙그르르 돌렸다.

그 순간 그의 등 뒤로 수십, 수백 개의 기다란 손톱이 솟아올랐다. 라이라가 다루는 '가시'와 비슷한 부류인 듯싶었다.

촤아악!

말을 끝마침과 동시에 그의 모습이 사라졌다.

순간 이동이라도 한 듯 순식간에 눈앞에 나타난 아란델을 향해 라이라가 검은 태양을 휘둘렀다.

하지만 이번엔 뺨이 아닌 전신이 갈기갈기 찢겨 나갔다.

'분명히 막았는데……!'

뭐지?

막았는데 상처가 생겼다.

닿지 않았는데도 타격을 입었다.

풍압은 아니다. 마법적인 조치도 아니었다.

쫘르르륵!

알아보려 했지만, 시간이 없었다.

아란델은 미친 듯이 라이라를 압박했다.

상처가 늘어가고, 출혈량이 많아지며 정신이 어질어질해졌다.

하지만 라이라는 쓰러지지 않았다.

자신이 쓰러지면 그 뒤는 우리엘 디아블로다. 전이한 지금, 그는 무방비와 다를 바가 없었다.

'내가 지켜야 돼. 내가…….'

지난 100년간, 그를 지켰다.

눈을 뜨지 않는 그를 위해 라이라는 하루에도 몇 번씩 그의 몸을 씻기고, 전장에 나가며, 미소를 지었다.

이제야 겨우 눈을 뜬 그를 되찾아가고 있었다.

그러니 지킨다. 이런 위험은 몇 번이나 겪었다. 반드시, 무슨 일이 있어도…….

"이제 그만하도록 하지. 나를 상대로 5분이나 버틴 것도 대단한 것이다."

"후욱! 후욱!"

아란델이 모든 손톱을 라이라에게 겨눴다.

라이라는 한쪽 눈만을 겨우 뜬 채, 검을 놓지 않았다.

질 수 없었다. 져선 안 된다.

그러나 손에 제대로 힘이 들어가지 않았다. 천족의 힘은 아직 익숙하지 않았고, 그 상태로 강적과 싸웠으니 고작 몇 분 사이에 방전이 된 것이다.

조금만 더 힘을 다루는 데 익숙했다면 맞상대가 되었을지도 모른다. 조금만 더 노력했다면 결과가 바뀌었을지도 모른다는 생각에 이가 갈렸다.

'지면 안 되는데…….'

라이라가 이를 악물었다.

이윽고, 손톱을 세운 아란델이 다시금 허공에 발을 디뎠다.

콰앙!

그 순간, 아란델이 거대한 충격과 함께 저 멀리 날아갔다.

"특이한 놈이로군. 반 실체라니. 요정인가?"

"로드시여……?"

라이라가 자신의 앞에 선 남자를 바라봤다.

우리엘 디아블로, 그가 어느새 눈을 뜨고 아란델을 몰아낸 것이다.

"괜찮느냐?"

"지금…… 기술은?"

방금 우리엘이 펼쳐 낸 권법. 분명히 그가 익힌 것은 아니었다. 그는 육체파가 아니라 마력을 이용하는 마법사와 비슷했으니.

"급한 대로 사용해 보았다. 그것보다, 지금 날려 버린 놈이 다시 돌아올 거다. 순간적으로 반 실체화해서 충격을 줄인 것 같으니."

"죄송합니다. 전황이 좋지만은 않습니다."

"상관없다. 지금부턴 쓸데없는 소모전을 벌이지 않을 것이다."

"그게 무슨 말씀이신지요?"

우리엘 디아블로가 태평스럽게 답했다.

"우리는 한동안 태양왕과 동맹을 맺는다."

"……예?"

라이라는 싸움의 피로도 잊어버린 채, 경악 가득한 눈초리로 그를 바라볼 수밖에 없었다.

둠이 사자왕이라는 추측은 오로지 나만이 낼 수 있는 결론이었다.

나찰각에서 둠을 보고 이곳 심연에서 비교할 수 있었던 나만이 도달할 수 있는 유일한 길.

물론 틀릴 수도 있다. 하지만 이러한 가능한 하나만으로도 모든 걸 뒤엎기엔 충분하다. 태양왕 역시 뒤통수를 맞기는 싫을 것이기에.

하지만 태양왕도 온순히 손을 내민 것은 아니었다.

'너의 가치를 증명하라.'

그는 그렇게 말했다.

우리엘 디아블로, 네가 정말 데몬로드라면 그만한 가치를 증명하라고.

태양왕은 현명했다. 적어도 자신의 주관이 뚜렷하며 몇몇 데몬로드와 달리 사리분별이 정확한 듯싶었다.

가치의 증명. 그 외에 그가 내게 던져 준 단서는 없지만, 얼추 감은 잡은 상태였다.

'팔콘.'

태양왕은 팔콘을 쳐 냈다. 자신이 후원해 주던 파벌과 그 수장 모두를 아무런 미련 없이 버린 것이다.

동시에 힘에 공백이 생겼다. 그 힘을 내가 취할 수 있는 기회였다.

하나 태양왕을 후원자로 둘 생각은 없었다. 어디까지나 내가 바라는 건 동등한 관계에서의 '협조'였다. 그의 휘하로 들어가는 순간 수렁에 빠질 것은 자명했으니.

'내가 태양왕과 접선한 사실은 아무도 모른다.'

우리엘은 마족이지만 오한성은 인간이다. 심연의 존재가 아니기에 누구의 감시도 받지 않는다.

고로, 내가 몰래 태양왕과 '협약'을 맺었다는 걸 데몬로드 중에선 누구도 모른다는 뜻이다.

이 두 가지 입장을 이용해 충분히 혼선을 줄 수 있을 것이었다.

"우리엘? 우리엘 디아블로?"

생각은 깊었고 행동은 빨랐다.

결단을 내린 즉시 나는 팔콘의 진영을 찾아갔다.

그는 제법 내게 관심을 갖고 있었다. 내가 태양왕의 '혈연'이기 때문이다.

팔콘은 의외라는 듯이 나를 쳐다봤다.

"태양왕에 대해 할 이야기가 있다."

"……그와 우리는 전쟁 중이다. 도움이 될 만한 이야기겠지?"

내심 웃고 말았다.

전쟁 중이라고?

몰래 전령을 보내 간을 보던 게 팔콘이란 걸 나는 알고 있었다.

전령이 죽자 그의 진영에도 혼선이 찾아왔다.

아마도 팔콘은 자신의 전령을 태양왕이 그토록 쉽게 죽일 줄은 몰랐던 모양이었다.

하지만 대놓고 웃을 수는 없다. 지금의 나는 우리엘 디아블로. 같은 데몬로드의 입장에서 그를 찾아온 거니까.

"나는 그의 약점을 알고 있다."

"약점이라. 그 약점을 내게 말하려고 찾아온 거냐?"

팔콘은 우습다는 듯, 약간은 깔보는 어조로 나를 내려다보고 있었다.

그럴 만도 했다. 데몬로드, 그들은 철저한 마족이고 심연은 약육강식의 세계다. 데몬로드의 입장에 있는 자가 다른 이를 찾아가 이르는 꼴과 다르지 않은 것이다.

여타 다른 데몬로드였다면 절대로 하지 않을 행동.

자신의 권위와 격을 떨어뜨리기를 자처하는 셈이다.

하지만 나는 이용할 수 있는 건 모두 이용할 생각이었다.

'나는 그들과 다르다.'

그들의 규칙대로 움직여 줄 생각 따윈 터럭만큼도 없었다.

그들이 생각하는 명예를 중시할 생각 또한 없었다.

나는 오로지 승리를 위해 움직인다. 처절하고 철저하게 그들을 농락하고 분열시킬 것이다.

그것만이 내가 이길 수 있는 유일한 길이었기에!

"내가 태양왕의 혈연이라는 건 둠에게 들었으니 알고 있겠지."

"미래 선택 말이냐?"

미래 선택.

말 그대로 미래를 선택하는 권능.

절대적이며 가능하다면 무적이라 칭할 수 있는 권능이다.

미래를 마음대로 선택해 버리는데 어떻게 대항하겠는가.

팔콘은 고개를 저었다.

"터무니없다. 그게 가능했다면 태양왕은 사천왕이 아니라 유일신이 되었겠지. 너 역시……."

"미래 선택은 한 번밖에 사용할 수 없다."

그제야 팔콘의 눈에 흥미가 깃들었다.

"꽤 흥미롭군. 하지만 그게 앞으로의 전황과 무슨 관계가 있다는 거지?"

"적어도 두려워하진 않아도 되겠지. 데몬로드라도 공포를 느끼지 않는 건 아니니 말이다."

맞다. 모두가 은연중 위축되어 있었다. 내게 보내는 시선도 조금은 달라진 상태였다. 모두가 둠이 말한 '미래 선택' 때문이다.

하지만 그 권능을 두려워하지 않아도 된다면 두려움을 걷어낼 수 있다. 그것만으로도 전장의 상황이 바뀔 만한 것이었다.

팔콘이 긴 날개를 펼쳤다. 모든 데몬로드 중에서 그의 날개가 가장 크고 아름다웠다.

"두려움이라……. 내가 태양왕을 무서워한다고 생각하는 거냐?"

"설마. 하지만 휘하의 모두가 괜찮은 건 아닐 것이다."

하나라도 흐트러지면 전체에 영향이 간다.

전쟁이란 그런 것이다. 작은 파츠 하나가 더할 나위 없이 비대해지는 경우도 있었다. 흔히 말하는 나비효과를 가장 여실히 맞이하는 곳이 바로 전장이었다.

나는 계속해서 말했다.

"그리고 그 자체가 그의 약점이 되기도 한다."

"미래를 선택할 수 없다는 게 말이냐?"

"한 치 앞을 볼 수 없다는 것. 태양왕이 즉위한 이후 처음으로 맞이하는 유례없는 전쟁이다. 그가 선택할 수 있는 가짓수는 많지 않아. 불안함을 감추고자 무리수를 두기도 하겠지. 예를 들자면…… 이미 다른 자와 손을 잡았다거나."

"다른 자와 손을 잡았다?"

팔콘의 표정이 굳었다.

태양왕이 그를 쳐 낸 직후다. 그러한 가능성에 대해서 생각 자체를 안 해본 건 아닐 것이다. 그리고 그 생각에 나는 지금 쐐기를 박고 있었다.

"가장 가능성이 높은 건 둠이다. 그는 사자왕의 비고에서 나와 태양왕의 관계, 그리고 권능을 알았다고 하지만, 과연 그럴까?"

"하지만 둠은 안달톤 브뤼시엘에 관해서도 알고 있지 않았느냐?"

어조가 달라졌다.

그저 그런 흥미에서, 집중도 높은 관심으로 변하였다.

'반은 왔다.'

앞으로 한 걸음.

이제는 더욱 예쁘게 포장을 할 차례였다.

"안달톤 브뤼시엘이 사자왕의 배다른 형제라는 사실. 그것이야말로 비고에서 찾은 기밀이겠지. 둠이 사자왕을 죽였으나, 살기 위해 이곳에 모든 데몬로드를 끌어들였다. 니드호그라는 저주받을 뱀을 소환해 가면서! 말과 행동은 그럴싸하지만, 둠과 같은 자가 한 우물만 파둘 리는 없겠지."

"그래서 태양왕과 손을 잡았다……."

팔콘이 생각에 잠겼다.

근거도 없지 않았다. 나와 태양왕의 관계에 대해 알고 있다는 것 자체가 근거다. 빈약하지만, 의심을 하기엔 충분하다.

작은 의심 하나가 큰 틈을 만든다.

"둠과 태양왕이 손을 잡았다면, 그런 행동을 한 이유도 설명이 되는군."

"그런 행동?"

짐짓 모르는 척 되물었다.

아마도 자신의 전령을 죽인 것에 대해 스스로 답을 내린 것이겠지.

내가 한 말들은 씨가 되어 훌륭하게 발아했다. 팔콘의 눈과 귀를 어지럽히며 그가 잘못된 길을 가도록 안내하고 있는 셈이다.

팔콘은 고개를 저었다.

"그런 게 있다. 다소 의아스럽긴 하지만, 너의 말에도 일리는 있는 것 같군. 그래서, 네가 바라는 게 무엇이냐."

팔콘. 그가 내 말에 올라탔다.

태양왕을 두려워하지 않는다고 했으면서, 실상은 다른 것 같았다.

아니라면 이처럼 쉽게 동조할 리가 없었다.

하지만 그에게 파격적인 행사를 기대하기는 어렵다. 무리한 요구는 들어주지 않을 가능성이 높다. 어느 정도 서로가 타협이 가능한 선에서의 길을 제시할 필요가 있었다.

"전장에 참여하는 것을 최소화해라."

"도망치라고? 불가하다. 다른 이들의 조롱거리가 되는 건 사절이다."

"도망치라는 게 아니다. 그저 전장에서 조금 멀어져, 싸우는 '척'만 하라는 것이다. 그러면 둠과 태양왕의 관계가 드러나게 될 테니."

"단순히 그것만으로 말이냐?"

고개를 끄덕였다.

그다지 어려운 부탁도 아니고, 팔콘도 어느 편에 설지 아직 갈피를 잡지 못하고 있는 상황이었다.

이때 둠과 태양왕 간의 밀착 관계가 드러나면 둠은 입지를 잃는다.

태양왕 역시 사천왕들의 눈총을 받으며 이 사태에서 자유롭지 못할 것이다.

'내가 바라는 건 혼란이다.'

나는 어느 쪽의 편도 들 생각 자체가 애당초에 없었다.

분란을 일으키며 '서로가 믿지 못하는 전쟁'을 만드는 게 나의 목적이었다.

등을 맡기지 못하는 동료는 동료가 아니다. 서로가 불신하며 상처를 후벼 파도록 만드는 게 내가 바라는 이상적인 전쟁이었다.

사천왕 VS 데몬로드가 아니라.

모두가 모두를 불신하는 그런 전쟁 말이다.

'판을 엎고 새로 만든다.'

오로지 그것만을 위해, 나는 움직이고 있었다.

전쟁은 치열했다.

수많은 비명과 피의 웅덩이. 시체가 산을 이뤘고, 언뜻 보기엔 정말로 세기말이 찾아온 듯 보였다.

하지만 모든 전장이 그런 것은 아니었다.

둠과 그의 휘하 데몬로드들, 그리고 태양왕의 군단은 이상하리만치 조용했다. 태양왕이 노골적으로 둠과 그의 진영을 피하고 있는 것이다.

"둠, 네가 일으킨 전쟁이다. 어째서 싸움에 소극적이지?"

"가장 앞에서 더욱 많은 적을 도륙해야 하는 게 너의 역할 아닌가? 우리는 너의 입맛에 따라 희생당할 생각이 없다."

하나둘, 데몬로드들이 의심하기 시작했다.

본래라면 팔콘이 태양왕의 상대를 맡아야 하지만, 그가 뒤로 빠지자 둠이 자연스럽게 그를 대신하게 되었고 주목을 받은 것이다.

둠은 그들의 의혹을 짧게 일축했다.

"태양왕은 나를 두려워한다."

"그렇다면 태양왕을 짓밟아라. 진정으로 너를 두려워한다면 더욱 쉽게 짓밟을 수 있겠지."

둠이 인상을 구겼다.

태양왕. 그는 가장 상대하기 까다로운 적이었다. 알려진 게 매우 적었기 때문이다.

미지의 상대를 향해 돌격하는 건 미련한 짓이었다.

하지만 이 전쟁의 시발점인 둠은 사소한 것조차도 크게 부각될 수밖에 없었다.

“태양왕은 본래 팔콘의 상대가 아니었나? 그가 뒤로 빠져서 내가 빈자리를 채운 것이다.”

“태양왕이 공격하지 않을 것을 알고 일부러 튀어 나간 걸 수도 있지.”

“태양왕과 손을 잡은 것 아니냐?”

온갖 의혹이 빗발쳤다.

더 이상 물러날 데가 없다는 걸 둠은 본능적으로 깨우쳤다.

“……좋다. 내가 태양왕의 상대를 맡겠다. 너희와 달리 말보다 행동으로 보여주마.”

더 사태가 악화되면 걷잡을 수 없어진다.

결국 둠이 이를 갈며 앞장섰다.

암전히 뒤에서 상황을 지켜보며 고개를 끄덕였다.

‘일단은 계획대로.’

둠과 태양왕을 부딪치게 만든다.

가장 좋은 건 아슬아슬한 우위로 태양왕이 승리하는 것이다.

최악의 경우는 둠이 손쉽게 태양왕을 제압하는 것이었다.

"태양왕! 겁쟁이처럼 숨어 있지 말고 앞으로 나와라. 나, 파멸의 전조 둠이 너와의 직접 대결을 청하노라!"

하지만 둠이 저렇게 막무가내로 나올 줄은 나도 예상하지 못했다.

태양왕과 1:1이라니.

절대로 받아줄 리가 없다. 우리엘 디아블로의 기억이 정확하다면, 태양왕의 무력으론 둠을 절대 이길 수 없었다.

태양왕의 힘은 기껏해야 지금 내 수준이다.

반면 둠은 비약적으로 강해진 상태였다. 다른 파벌의 수장들이 힘을 합쳐야 둠 하나를 당해낼 수 있을 정도로.

능력치가 전부는 아니라지만 척도는 되었다.

그리고 그 척도의 차이가 너무나도 컸다.

태양왕은 무섭도록 냉정하고 합리적인 자이니 결코 받아들여 주지 않으리라.

"받아주마."

……미친.

태양왕이 모세의 기적처럼 괴물들의 물결을 반으로 가르며 앞으로 튀어나왔다.

그 모습을 보고 나는 할 말을 잃었다.

잘못 들은 게 아니다. 잘못 보고 있는 것도 아니었다.

태양왕은 둠이 사자왕일 수도 있다는 가능성을 '알고서' 나왔다. 내가 전해준 말을 귓등으로 흘려듣지 않은 이상 굳이 위험을 감수할 필요가 없을 텐데도.

무슨 자신감이지? 아니면 잠시 머리가 돌아버린 건가?

'심안.'

나는 다시 제3의 눈을 열었다. 심안으로 살펴본 정보창은 객관적인 기준을 나열해 준다. 분명히 둠과 태양왕의 능력 차이는 확연했다. 하지만 혹시나 내가 놓친 게 있을 수도 있으니 다시금 살피기 위해서다.

**이름:** 태양왕(value-지배 불가)

**직업:** 사천왕

**명예:** 260,855

**칭호:**

- 태양왕(10Lv, 모든 능력치+8)
- 비밀을 삼키는 자(10Lv, 마력+18)

**능력치:**

힘 108(100+8) 민첩 108(100+8) 체력 108(100+8)

지능 125(100+25) 마력 156(110+46)

잠재력(510+95/510)

**스킬:** 심연(11Lv), 전능자(10Lv), 마안(10Lv)

**착용 중인 장비:** 태양의 시대(지능+17), 아홉 개의 심장(마력+20)

분명히 낮은 능력치는 아니다.

총합 능력치 605. 우리엘 디아블로, 지금의 나와 비슷한 수준이었다.

하지만 이조차도 소위 '템빨'에 의한 경향이 컸다.

태양왕의 쓰고 있는, 불처럼 이글거리는 문양이 새겨진 투구는 지능을 무려 17이나 올려주는 극한의 장비였다.

하물며 아홉 개의 심장은 어떤가.

무슨 장비인지 외관상으로 드러나지는 않았지만 마력을 20이나 올려주는, 나로선 살아생전 처음 보는 엄청난 것이었다.

오딘의 보물창고에서조차 저 비슷한 것도 본 적이 없을 정도였으니.

하지만 저 두 개를 가지고도 둠에겐 비할 바가 아니었다.

'격차가 너무 커.'

둠은 더욱 강해졌다. 급격하게 강해져서 여타 다른 데몬로드들보다 한 차원 높은 곳에 올라갔다. 태양왕이 약한 건 아니지만, 차이가 확연했다.

다시금 시선을 돌려 이번엔 둠을 바라봤다.

**이름:** 둠(value-지배 불가)

**직업:** 데몬로드

**칭호:**

- 둠(10Lv, 모든 능력치+8)
- 파멸의 전조(10Lv, 모든 능력치+8)
- 갈망하는 자(7Lv, 모든 능력치+4)

**능력치:**

힘 140(120+20) 민첩 140(120+20) 체력 140(120+20)

지능 140(120+20) 마력 140(120+20)

잠재력(600+100/600)

**스킬:** 심연(11Lv), 파멸(10Lv), 지옥도(10Lv), 버닝 둠(10Lv)

단순히 능력치의 계산만 하더라도 거의 백가량의 차이가 난다.

이는 어른과 어린아이의 싸움만큼이나 큰 차이였다. 능력치는 높아질수록 기하급수적으로 그 효율이 증대하는데, 지금 둠의 경지는 나로서도 상상이 힘들 수준이니 말은 다 했다.

그런데 둘이서 1:1로 싸운다고?

'자살행위.'

나였으면 절대로 안 할 짓이다. 아무리 믿는 구석이 있어도 저만한 '격의 차이'를 따라잡긴 힘들 것이므로.

무슨 자신감일까?

태양왕은 내가 한 말을 한 귀로 흘린 걸까?

'게다가…… 심안과 비슷한 스킬을 태양왕도 가지고 있다.'

마안이라 칭해지는 것.

무려 10Lv의 관찰 계열 스킬이다.

심안과 무엇이 다른지 자세히는 알 수 없지만 그의 눈은 분명히 둠을 꿰뚫어 보고 있었다.

그런데도 도전한다?

'뭘 믿는 거지? 권능?'

권능은 상태창으로 온전하게 확인할 수 없다.

예컨대 우리엘이 사용했었던 미래선택, 그리고 지금 사용하고 있는 관리자의 권한 등등은 상태창에 나타나지 않는 고유의 것이었다.

그러니…… 심안으로 놓친 게 있을 순 있다.

있을 순 있지만, 그래도 저 차이를 극복할 수 있느냐 하면 회의적일 수밖에 없었다.

"태양왕이여, 모두가 성 밖으로 나오지 않는 너를 궁금해 했다. 새로이 즉위한 뒤로 이렇다 할 행보를 보여준 적이 없지 않느냐? 솔직히 너만큼은 이번 전쟁에 참여하지 않을 줄 알았다만……."

전쟁이 소강상태에 들어갔다.

둠과 태양왕의 대결. 이는 모두가 궁금해하는 대전이었다. 어쩌면 전쟁의 승패가 이 싸움 한 번으로 나뉠 수도 있는 것이다.

게다가 이번 싸움은 태양왕의 데뷔전과도 같았다.

태양왕은 오롯이 서서 둠과 어깨를 나란히 했다. 그의 얼굴엔 여전히 표정이라 할 게 나타나지 않았다. 자신감도, 공포도, 이렇다 할 어떠한 감정마저도.

대신 고개를 들어 소환 중인 니드호그를 바라봤다.

"태초의 저주, 저 만능의 성배를 보고 가만히 있을 순 없었지. 저주받은 신전에 모인 저주만으로는 부족했을진대, 무슨 마술을 부린 것이냐?"

하지만 무표정한 얼굴 뒤에는 분명히 궁금증이 묻어 있었다. 저렇게 무미건조하게 물을 수 있다는 것도 놀랍지만 둠은 얕게 미소를 지어 보였다.

애당초 태양왕이 전쟁에 참여한 이유는 다른 사천왕과 달랐다.

그의 관심은 오로지 니드호그에게 가 있었다.

저 저주받은 뱀을 자신의 것으로 만들기 위해서!

"나를 이기면 알려주마. 과연 너는 사자왕만큼이나 강할지 모르겠군."

둠은 자신만만했다.

그 역시도 느끼고 있을 것이다. 힘의 차이는 커지면 커질수록 여실하게 드러나는 법이었으니까.

태양왕은 무심히 말했다.

"굳이 답할 필요는 없노라. 너의 머리를 뜯어 뇌를 유린하면 그만이니."

둘을 중심으로 거대한 원이 만들어졌고, 팽배한 긴장감이 맴돌았다.

나는 가만히 둘을 지켜보다가 주먹을 쥐었다.

'이대로 가만히 지켜보고 있을 순 없다. 모두의 시선이 저 둘에게 쏠린 사이 내가 할 수 있는 게 있을 거다.'

하지만 얌전히 구경만 할 생각은 추호도 없었다.

저 둘이 싸워서 미래를 결정한다?

내가 개입할 여지가 없는 데다 결과의 승부도 순전히 운에 맡겨야 한다. 그다지 바람직한 상황은 아니었다.

그러나 이제 와서 무엇을 할 수 있단 말인가?

태양왕과 둠. 사천왕과 데몬로드 최강자의 싸움이다. 우리 엘 디아블로는 고작해야 말단의, 우호적인 세력 하나 없는 아웃사이더였고.

'둠을 부추긴 건 성공했지만…….'

태양왕에게 일부러 둠을 공격하지 말라고 했다. 팔콘은 전장에서 멀어졌고, 둠이 의심을 받게 하는 데 성공한 것이다.

전쟁을 주도한 둠이 의심받으며 전쟁은 당위성을 조금씩 잃어가고 있었다. 이대로 시간이 흐르면 희망이 없다는 걸 둠도 알았을 테고, 그래서 태양왕과의 맞대결을 신청한 것이겠지.

오해를 직접 풀겠다는 의미다.

'외통수였어.'

솔직히 나는 둘 다 패배하길 바라는 심정이었다. 그나마 최선이라면 태양왕이 아슬아슬하게 이기는 건데, 그래도 모든 게 '엉망'이 되길 바라는 내 기대와는 거리가 먼 결과였다.

'판을 망칠 수 있는 획기적인 수.'

그게 필요했다.

둘은 부딪히기 직전이었다.

뭔가, 다른 수가 없을까?

나는 시선을 돌렸다. 내 시선에 또 다른 데몬로드가 들어왔다.

'안달톤 브뤼시엘.'

유일하게 나와 안면이 있으며 나름대로 호의를 보였던 데몬로드가 그다.

둠은 그를 사자왕의 배다른 형제라고 했다.

그리고 현재, 공식적으로 사자왕은 죽었다.

계승권…… 유일한 계승권이 그에게 있는 게 아닌가?

그러고 보니, 둠이 굳이 안달톤 브뤼시엘에 대해서 언급한 건 중립 성향의 데몬로드들도 결집시키기 위해서가 아니라, '경고'의 의미가 아니었을까.

'아.'

둔기로 뒤통수를 크게 얻어맞은 기분이었다.

둠은 일부러 말을 많이 한 게 아니다. 한 마디, 한 마디에 모두 의미가 있었다.

안달톤 브뤼시엘. 사자왕을 죽인 둠이 직접 사자왕의 배다른 형제를 언급한 건, 미리 선수를 쳐서 그의 '정당성'을 잃게 만들기 위함이다.

사천왕은 우리의 적이다. 사자왕의 배다른 형제여, 네가 그것을 언급하는 순간 너 역시 우리 모두의 적이 될 것을 각오하라고!

'지금이라면.'

생각보다 행동이 빨랐다.

모두의 시선이 중앙으로 쏠린 사이 나는 안달톤 브뤼시엘에게 다가갔다.

"가만히 지켜보고만 있을 건가?"

"우리엘 디아블로, 그건 무슨 의미지?"

"사자왕을 죽인 둠이 태양왕마저 죽인다면 무슨 일이 벌어질 것 같나?"

"이 전쟁이 일방적으로 끝나겠지. 아마도 '위대한 별' 역시 그의 아래로 떨어질 것이다."

안달톤 브뤼시엘은 먼 미래마저 보고 있었다.

저 둘의 승패에 따라, 둠이 승리한다면 모든 전쟁의 '종결'을 의미했다.

그가 말하는 게 맞다. 사천왕을 둘이나 죽인 둠은 결국 위대한 별을 거머쥘 것이다. 내가 아무리 발버둥 쳐도 결과를 바꾸긴 어려우리라.

"누가 이겨도 그다지 좋은 결과는 나오지 않는다. 하나, 안달톤 브뤼시엘이여. 너에겐 저 대결에 '참가'할 자격이 있다."

"참가할 자격이라……. 내가 사자왕의 배다른 형제가 맞다손 치더라도 받아들인 건 태양왕이다. 끼어들 명분이 없는데?"

"그저 '발언'만 하면 된다. 사자왕이 죽은 지금, 너는 유일한 계승자가 아닌가?"

안달톤 브뤼시엘은 답하지 않았다.

무언의 긍정이었다.

역시나.

예상이 맞았다. 유일한 계승의 자격이 지녔기에 굳이 둠이 언급하면서까지 견제한 것이다.

이 판을 뒤엎을 수 있는 유일한 '하나'이기 때문에!

"내가 왜 중립을 자처하는 줄 아느냐."

"사자왕과 연관되기 싫은 기억이라도 있는가 보군."

"나는 그가 싫다. 그의 모든 걸 부정한다. 그런데 지금에 와서 계승자임을 선포하란 말이냐?"

염치없는 짓이다. 누구도 바라지 않고, 심지어 안달톤 브뤼시엘마저 원치 않았다.

나는 그와 정면으로 마주했다.

"그럼 이대로 '위대한 별'이 둠의 손에 넘어가는 걸 보고 있을 건가?"

"우리는 모두가 경쟁자다. 강한 자가 얻는 게 당연하다."

"하지만 둠은 편법을 사용하려고 하고 있다. 그는 '우리의 전쟁'을 말했지만, 결국 이 대전의 결과에 따라 '둠의 전쟁'이 되어버리겠지. 승자가 정해진, 아무런 의미도 없는."

또다시 안달톤 브뤼시엘이 입을 닫았다.

나는 그를 봤다. 거신, 위대한 별의 앞에서.

'너는 나의 것이다'라고 말하는 그를 직접 봤으니 알 수 있다.

안달톤 브뤼시엘은 누구보다도 '위대한 별'을 갈망하고 있었다.

"우리는 모두가 평등한 경쟁을 해야 한다. 저런 편법을 가만히 보고 있다면, 위대한 별의 가치도 그만큼 떨어질 수밖에 없겠지."

"가치가 떨어진다……. 특이한 말을 하는군."

"둠이 가질 바엔, 네가 갖는 게 낫다. 또한 이번에야말로 사자왕의 그늘을 벗어날 절호의 기회일지도 모른다."

나는 둠에 대한 적의를 보였다.

동시에 둠과 사자왕에 관한 짧은 정보를 던졌다.

이야기를 들은 안달톤 브뤼시엘이 가만히 나를 바라봤다.

그러더니 피식 웃었다.

"지금의 너를 평하자면, 협잡가다. 하나 이번만은 어울려주마. '그'도 너를 유심히 지켜보라 하였으니."

"……그?"

"랜달프 브뤼시엘. 악신 말이다."

아.

에인션트 원의 권한을 얻었을 때, 여섯 개의 세계 중 하나에서 악신 랜달프 브뤼시엘을 잠깐 본 적이 있었다.

그때 영혼이 하마터면 소멸할 뻔했지만…… 설마 그 악신과 이야기를 주고받을 수 있는 건가? 다른 데몬로드들은 권능만 받고 끝났지만, 안달톤과 악신의 관계는 조금 더 가까운 듯싶었다.

"내가 무엇을 하면 되지?"

내심 주먹을 불끈 쥐었다.

됐다.

태양왕과 둠은 거리를 둔 채 서로를 한동안 직시하고 있었다.

간을 보는 거다. 먼저 움직이는 쪽이 '패'를 보이는 것과 다를 바가 없었다.

초강자의 대결이란 자그마한 실수로도 치명상을 입을 수 있기 때문이다.

그러길 수 분여.

둠이 먼저 움직였다.

태산과 같은 기세로 태양왕을 몰아치기 위해서다.

"잠깐."

하지만 막 공격이 닿으려는 찰나, 그는 멈춰 설 수밖에 없었다.

안달톤 브뤼시엘, 그가 둘의 사이로 끼어들었기 때문이다.

"……뭐하는 짓이지?"

둠이 표정을 굳히며 물었다.

그러자 안달톤 브뤼시엘이 어깨를 으쓱했다.

"나는 사자왕의 계승권을 가진 안달톤이다. 사자왕이 죽은 지금 나는 유일한 계승권자기에 임시이나마 그 권한을 이어받을 자격이 있지."

둠의 표정이 더욱 굳었다.

태양왕은 약간이나마 흥미롭다는 듯 안달톤을 바라봤다.

안달톤이 이어서 말했다.

"그러니 고한다. 이 싸움…… 조금 더 판을 키워보지 않겠는가?"

판을, 엎을 수 없다면 키운다.

미친 듯이!

안달톤이 자신의 지위에 대한 성명을 내고 전쟁에 본격적인 참여 의사를 밝혔다. 이는 사천왕 진영과 데몬로드 진영 모두에게 큰 파급력으로 다가왔다.

"안달톤 브뤼시엘이 정말로 사자왕의 형제였다고?"

"사자왕은 후계를 두지 않았지. 하지만 정식적인 자격은 없지 않나?"

"아니, 있다. 유일한 '혈통'이라면 말이야."

의문은 타당했다.

배다른 형제. 정식의 계승자 자격은 없는 셈이다.

하지만 사자왕은 철저히 혼자였다. 그 결과 안달톤에게도 기회가 생긴 것이다.

"이 전쟁은 결코 태양왕과 둠의 싸움이 되어선 안 된다. 심연의 패자, 진정한 패주를 놓고 겯주는 자리를 이 둘이서 독차지하게 둘 수는 없다. 하지만 '니드호그'의 강림이 현실화된 이상, 우리는 보다 빠르게 승패를 나눠야 할 필요가 있지."

전쟁은 길다. 어쩌면 서로가 자멸할 위험마저 가지고 있었다.

그래서일 것이다. 둠이 자충수이자, 묘수일지 모르는 수를 둔 것은.

태양왕과의 일대일 대결.

이 결과에 따라 승리한다면 한 번에 전쟁을 일축할 수 있기 때문이다.

그리고 그것은…… 이 자리에 '사자왕'이 없으니 가능한 것이었다.

'사자왕이 없다. 사천왕이라 해봤자 이곳에 모인 건 셋. 태양왕을 죽이면 나머지 둘을 상대하는 건 훨씬 쉽다는 계산이었겠지.'

둠이 사자왕이고, 사자왕이 둠이라면 이만한 전쟁에서 그의 힘을 타당하며 온전하게 보존하는 방법은 아예 참여 자체를 하지 않는 것이다.

그러니 사실대로 말하자면, 둠이 이겨도 좋고 태양왕이 이겨도 좋다. 전재의 결과는 결국 '사자왕의 승리'로 귀결될 테니 말이다.

태양왕이 승리한들 상처뿐인 승리라면 사자왕의 진영에 잡아먹힐 것이다. 그러한 준비는 암암리에 해놓고 있을 게 자명했다.

'소름 끼치도록 비열한 수로군.'

나는 혀를 차고 말았다. 악당이 많다 하지만, 저만한 악당은 본 적이 없었다.

자기 자신을 죽이면서까지 사기를 치려 하다니!

하지만 말을 너무 많이 했다. 딴에는 견제와 쐐기를 박으려 한 것이겠지만 내게 정보를 너무 많이 주고 말았다.

'나는 하나가 아니다.'

나는 단순히 하나가 아니다. 둘이자 동시에 하나였다. 그러니 보다 많은 걸 보고 익히며 알 수 있었다. 둠의 입에서 흘러나온 정보만으로도 이만한 예측이 가능했던 것이다.

"보다 빠르게 승패를 나눈다? 진정으로 하고 싶은 말이 무엇이냐, 안달톤 브뤼시엘."

"둠이여, 우리 모두가 참여하는 것이다. 각 진영을 대표하는 자, 그리고 그가 이끄는 가장 강한 말들! 그 정도의 격조 높은 대결이라면 모두가 만족할 수 있는 결과가 나올 테지."

"전쟁의 판을 바꾸자?"

"나는 사자왕을 대표하겠다. 둠, 너와, 너희와 싸우겠단 뜻이다."

"네가 무슨 자격으로 사자왕을 운운하는 것이냐. 제대로 된 절차조차 거치지 않고서 사자왕을 대표하겠다?"

"자격은 네가 부여하는 게 아니다. 사천왕의 자격은 그들이 인정하는 것으로 성립되는 것이지. 그렇지 않나 태양왕과 천왕, 그리고 지옥왕이여!"

안달톤은 둠에게서 시선을 거뒀다. 네가 정할 자리가 아니라는 듯.

지금 안달톤의 제안은 무척이나 파격적이었다.

데몬로드와 사천왕이 직접 대결을 펼친다. 부하들을 내보내 세력전을 하는 게 아니라 본인이 직접 나선다는 건 그 의미와 무게가 전혀 달랐다.

'데몬로드라도 자기 목숨은 아까워하는 법이지.'

사천왕과 데몬로드의 양자대결. 하지만 그것은 어디까지나 사천왕을 '니드호그'가 잡아먹을 수 있다는 생각에 잠시 협동 작전을 펼친 것이다.

그런데 직접 대결로 간다면, 그들이 맞부딪친다면 분명히 이탈자가 생길 것이다.

뿐만 아니라 양자대결이 아닌 '서로의 생존을 건 치열한 경쟁'으로 탈바꿈될 수 있었다.

그러나 지금 안달톤의 발언은 나로서도 의외인 것이었다.

'사천왕의 자격은 그들이 인정함으로써 성립된다…….'

정말일까?

그들이 가지고 있다는 '불멸'이 정말 그들만의 인정으로 성립된다는 건가?

그렇다면 사천왕은 처음부터 경쟁자가 아니라 협력자였다는 뜻이다.

그리고 '위대한 별'의 출현으로 그 사이가 틀어졌다라고 생각하면 되는 걸까.

아니면 내가 모르는 또 다른 무언가가 있는 것인지.

'둠의 발등에 불이 떨어진 건 확실하군.'

그들은 말을 아끼고 있었다.

하지만 정말로 인정한다면, '사자왕'의 대표로 이 전장에 참여한다면, 안달톤이 패배하는 순간 사자왕과 그의 진영은 공식적으로 명분을 잃게 되는 셈이다.

판을 키우고, 엎었다. 둠이 그리던 그림에 먹물을 발랐다.

"인정하지."

태양왕이 가장 먼저 일보를 내디뎠다.

그는 여전히 메말라 보이는 감정이 담긴 얼굴로 안달톤 브뤼시엘을 바라봤다.

“사자왕의 ‘피’를 이었으니 그는 적법한 계승자가 맞다. 적어도 우리의 싸움에 끼어들 ‘자격’은 있겠지.”

“나도 태양왕의 의견에 동의한다.”

“…….”

지옥왕이 대답하고, 천왕 역시 무언으로 긍정했다.

하지만 이들이 이처럼 간단하게 승낙의 표시를 비췄을 리 없다. 이 역시 고도의 계산이 첨가된 긍정이었다.

‘사자왕의 완전한 탈락.’

그들은 협력자였으나, 지금은 경쟁자로 돌변했다.

안달톤이 나서줘서 그가 패배한다면 사자왕의 자격 박탈도 가능한 것이다.

죽음으로 위장했던 수가 휴짓조각이 되게 생겼다.

둠은 처음으로 대노한 표정을 지어 보였다.

“날치기도 이런 날치기가 없다! 내가 사자왕을 죽였거늘. 이미 죽은 사자왕을 대신해 이 자리에 서겠다고?”

“아무도 네가 사자왕을 죽인 걸 본 자가 없지.”

죽음을 확인했지만, 그를 죽인 게 둠인지 아니면 갑자기 죽은 것인지는 밝혀지지 않았다. 그러니 밝힐 수 없다면 지금 둠의 발언엔 공신력이 없는 셈이었다.

거기까지 본 나는 세차게 고개를 끄덕여 보였다.

'판이 엎어졌다.'

둠이 뭐라 해도 분위기 자체가 넘어왔다.

이걸 엎을 기가 막힌 또 다른 수가 있지 않은 이상 판은 엎어졌다고 할 수 있었다.

일단은, 계획대로다.

"로드시여, 제가 참전해도…… 괜찮겠습니까?"

나는 나의 진영으로 돌아와 라이라에게 나와 함께 전쟁에 참여해 줄 것을 말했다. 그러자 라이라는 근심 어린 표정을 지어 보였다.

"왜? 자신이 없나?"

"로드의 기대를 배신할까 두려워서 그렇습니다."

작게 웃고 말았다.

데몬로드와 그들의 가장 강한 부하 하나, 그리고 사천왕과 그들이 인정하는 강력한 말들이 격돌한다.

일종의 토너먼트다.

니드호그가 만족할 만한 죽음을 빨아들일 때까지, 그들은 서로 치고받고 싸우길 반복할 것이다.

판을 만들어졌고, 나는 솔직히 내가 이기리란 큰 기대는 없었다.

“질 것 같으면 패배 선언을 해도 된다. 너를 잃을 바에야 차라리 지는 게 낫다.”

“절대로 그럴 수는 없습니다.”

하지만 라이라의 의지는 기대를 배신할까 두렵다는 말과 달리 견고한 듯싶었다.

“자신이 없다고 하지 않았나?”

“그거와 이거는 별개입니다.”

뭐가 별개라는 건지.

“내가 명령해도 말인가?”

“만약 제 생각이 맞다면, 이번 전쟁은 모두에게 로드의 이름을 떨칠 최고의 기회입니다. 상당수의 데몬로드가 죽고 새로운 강자가 출현하며 심연의 판도가 바뀌겠지요.”

그건 맞다.

사천왕과 데몬로드. 서로가 큰 피해를 입을 것이다.

가장 이상적인 구도였지만 여기서 나의 위치 또한 중요하긴 했다.

하지만 나는 약소 데몬로드에 불과하다. 솔직히 여기 있는 71명의 데몬로드 중에서도 총체적인 힘의 순위는 70위

정도?

어쩌면 71명 중에 71등일 수도 있고.

현실적으로 내가 부각되긴 어렵다는 뜻이다.

"이 전쟁이 전부는 아니다. 무리할 필요는 없다."

판을 키운 것으로도 충분하다. 이 결과에 따라 기회 따윈 얼마든지 생길 터.

그러나 라이라의 생각은 조금 다른 것 같았다.

"하지만 제가 '우리엘'의 이름을 출전하는 이상 결코 건성으로 임할 수는 없습니다."

"엄마, 힘내!"

"……이그닐도 응원하고 있으니 말이죠."

이그닐이 쪼르르 달려와 라이라의 옷소매를 잡았다.

뭐라고 해야 할까, 이그닐은 거친 사막의 오아시스 같았다. 청정수. 보는 것만으로도 답답했던 기분이 조금은 누그러지니 말이다.

"이그닐도 싸울래!"

"이 문제는 우리 둘이서 해결해 보도록 하지."

"그러죠. 아직 이그닐에게는 이르니까요."

나와 라이라의 의견이 순간 일치했다.

뭐…… 안 되겠지만, 노력은 해보자는 생각이 잠깐 들었다.

"게다가 복수해야 할 상대도 있고 말이죠."

"복수해야 할 상대?"

"아란델. 천왕의 기사를 자처하는 자가 있었습니다."

"혹시 내가 날려 버린 녀석을 말하는 거냐?"

"예."

라이라의 눈빛이 소름이 끼칠 만큼 차갑게 물들었다.

여자가 한을 품으면 오뉴월에도 서리가 내린다고 했던가.

나는 헛기침과 함께 고개를 돌렸다.

하나둘 대표들이 앞으로 나섰다.

슬슬 시작된 듯싶었다.

뱀은 똬리를 틀었다.

허물을 벗고, 벗고, 또 벗어, 성체로 거듭난 그녀가 하늘을 올려다보았다.

"니플헤임의 군주…… 누가 놈을 풀어놓았지?"

니플헤임의 군주, 니드호그.

우주수의 뿌리를 갉아먹으며 세계의 종말을 바라는 녀석이 깨어났다.

억지로 깨어난 탓에 전체는 아니지만, 저 모습으로 보아하니 종언까지 길지는 않을 듯싶었다.

"수많은 죽음과 절망, '녀석'도 깨어나겠군."

하지만 그녀, 요르문간드는 웃어 보일 따름이었다.

니드호그가 세계의 활보를 시작했다면 곧 무한한 절망이 들이닥칠 테고 '그 녀석'도 깨어날 것이다.

펜릴!

그 저주받은 늑대가 말이다.

"새로운 라그나로크가 시작되는가?"

본격적인 신들의 전쟁이 시작된다.

아직 준비가 덜 되었지만, 상태를 보아하니 아주 부족하지도 않은 듯싶었다.

요르문간드는 몸을 풀었다.

그리고…….

냄새를 따라 천천히 이동하기 시작했다.

이 혼돈의 중심부에 있을 그녀의 신랑을 찾아서 말이다.

김민식이 눈을 떴다.

침상에서 일어나, 주변을 둘러보다가 자신이 납치당한 걸 깨달았다.

"아르켄! 우리엘 디아블로!"

소리를 내지르며 경계태세를 갖췄다.

하지만 성안은 조용했다.

개미 새끼 한 마리도 보이지가 않았다.

그러다가 창밖으로 고개를 돌리곤, 경직되고 말았다.

"저게…… 뭐야?"

하늘을 가득 채우고 있는 무언가가 있었다.

뱀, 혹은 용.

무엇인지는 모르겠지만 여태껏 보았던 무엇보다 크고 강렬했다. 본능적으로 위축되며 위험을 느꼈다.

'세계를 부수는 괴물.'

하지만 하나는 알겠다.

저 괴물이 본격적으로 모습을 보이는 순간 모두가 파멸할 거라는 걸.

'설마 우리엘 디아블로가……?'

아르켄이 우리엘 디아블로와 연관되어 있다는 것도 놀랍지만, 그가 저런 뱀을 부른 거라면 반드시 막아야 한다.

하지만 어떻게?

괴물을 보는 순간 압도되었다.

인간이 어찌할 수 있는 규격이 아니다. 규격 외. 그야말로 처음 보는 종류의 격이었으니.

-지구로 돌아가는 게 좋을 것이다, 하룻강아지 같은 녀석.

머릿속에서 목소리가 들렸다.

이 목소리, 익숙하다.

"가짜 알레테이아……!"

알레테이아가 몸을 차지한 걸 기억한다.

하지만 지금은 왜인지 괜찮았다.

이에 고개를 갸웃하자 놈이 말했다.

—나는 너에게 복종한 것이 아니다. 하지만 '그'의 강력한 언령으로 손을 쓸 수도 없게 되었지. 마음에 들지는 않으나 너는 내 힘을 어느 정도 사용할 수 있게 되었다.

"무슨 소리냐? 대체 뭐가 어떻게 돌아가고 있다는 거지?"

—네가 죽으면 나 역시 소멸한다. 반대로 네가 강해지면 나 역시 힘을 얻는다. 힘을 얻으면 나는 너에게서 나와 그녀의 꿈속으로 돌아갈 것이다. 그러니 협조하마.

가짜 알레테이아. 그가 계속해서 영문 모를 소리를 지껄였다.

—네가 가진 모든 정체성의 중심은 지구에 있다. 그리고 지금 지구가 위험하다. 저 뱀이 등장하며 심연은 혼돈으로 가득 찼지. 지구와 심연의 연결이 더욱 강력해졌다는 의미다.

"지구와 심연이……?"

—이건 시작에 불과하다. 앞으로 더욱 많은 가짜가 판을 치고, 진짜에 가까운 놈들이 등장하며 모든 세계는 종언으로

향할 것이다. 네가 할 수 있는 건 고작해야 최소한의 인간들을 지키는 것 정도이겠으나.

–기도하라. 바라고 또 바라라. '그'가 성공하기를.

–그녀의 꿈에 반하는 유일한 존재가 말이다.

–또한 '그'의 성공만이 너희 모든 인간이 살 수 있는 유일한 길일 테니.

–하지만 '그' 역시 이번에는 힘들 것이다. 태양왕, 그의 진정한 목적을 모르는 이상 말이다. 이번에는 그녀의 꿈대로 흘러가리라.

놈이 무슨 말을 하는지 알 수가 없었다.

그, 그리고 그녀의 꿈. 마치 미래를 본 것처럼 말하는 이 가짜에게 김민식은 짙은 의구심을 품을 수밖에 없었다.

# 48장
# 왕의 자격(1)

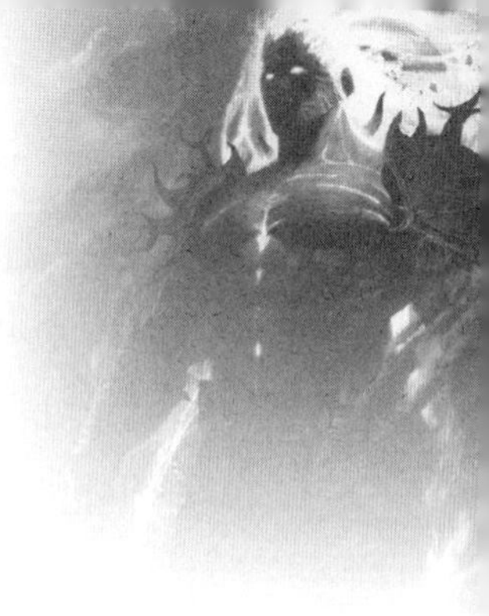

"지옥왕의 하수인 '지옥견 카르닐'을 상대로 우리엘 디아블로의 대리자 라이라 디아블로가 승리했습니다!"

암흑인. 그들은 중개를 맡았다. 중립 성향의 중개자가 없고서야 이 싸움은 성립되지 않았다.

또한 암흑 상회는 누구의 편도 들지 않는다. 이 싸움이 전개되고 빠르게 결과로 치달을수록 그들이 바라는 '위대한 별'의 탄생이 가까워지기 때문일 것이다.

후욱, 후욱.

그녀가 거칠게 숨을 몰아쉬었다.

숱하게 입은 상처 부위는 피떡이 져서 재생조차 제대로 되지 않았다.

라이라 디아블로, 그녀의 반대편엔 하늘까지 닿을 정도로 거대한 맹수 한 마리가 쓰러진 채 숨을 거둔 상태였다.

이윽고 라이라가 나를 쳐다봤다. 그녀는 힘에 겨운 미소를 지어 보였다. 승리했노라고.

나는 그제야 쥐었던 주먹을 겨우 풀 수 있었다. 손엔 식은 땀이 흥건했다. 위험천만한 상황, 간발의 차이로 일궈낸 승리다.

휘이이이이!

곧 맹수는 재가 되어 하늘로 솟구쳤다.

이내 '니드호그'의 일부가 되어 아예 모습을 감춰 버렸다.

이곳에서의 죽음은 저런 식이다. 죽음, 혹은 여지없는 패배를 맞이한 순간 니드호그가 대상의 모든 것을 강탈해 버린다.

저렇게 '불멸'조차도 먹어 치운다는 거겠지.

만약 맹수가 아닌 라이라가 패배했다면…….

'이곳은 전장이다.'

고개를 젓는다.

전쟁이라면 무수히 겪어봤다.

소중한 사람, 지켜야 할 친우들 또한 무수하게 잃어보았다.

더는 '잃는다'는 것에 대해 무감각할 줄 알았다.

하지만, 아니었나 보다. 적어도 라이라의 죽음을 상상하고 싶지는 않았다. 하나 그녀가 바라는 싸움을 내가 말릴 자격도 없었다.

'아무것도 잃고 싶지 않다.'

심연의 괴물들은 싸우고 또 싸웠다. 승리의 조건은 상대의 죽음, 혹은 상대의 절대적인 항복과 그에 따른 복종. 라이라는 내가 항복할 바에는 자기가 죽을 각오로 싸움에 임했을 것이다.

나 역시 마찬가지다.

잃고 싶지 않았다. 내가 가진 그 어떤 것도.

과거의 나는 잃기만 했다. 지키려 했지만 결국 모두 잃었다.

그러니 싸울 것이다. 싸워서 쟁취하고 일궈낼 것이었다.

"다음 대결은 태양왕의 하수인 '신조 람'과 데몬로드 굴리안 모르테가……."

"항복하지."

다만, 모두가 싸우진 않았다.

변화는 있었다. 데몬로드들 중에서 '포기자'가 나오기 시작했다.

그들이 태도를 바꾼 이유는 하나.

'둠의 여유가 사라졌다.'

안달톤 브뤼시엘이 사자왕의 자격으로 전장에 참여한다는 의사를 밝힌 순간부터, 그 오만하고 여유롭던 둠에게서 여유가 사라졌다.

몇몇 데몬로드는 무언가 잘못되었음을 깨닫고 무조건적인 항복을 하고 있었다.

하지만 그들이 주류는 아니었다. 대부분이 중립, 혹은 파벌에서 소외된 데몬로드들이었으니.

말 그대로 '자기 목숨을 더 소중히 여기는' 부류들이 항복 선언을 한 것이겠지.

물론 항복한다고 해도 끝은 아니다.

상대가 받아주지 않으면 대결을 속행해야 했으며…….

'절대적인 복종.'

항복이란 그런 것이다. 나의 권리를 남에게 모두 넘긴다는 뜻이었다. 그 정도가 아니라면 상대의 패배를 묵인하고 눈감아줄 이유가 없는 탓이다.

파벌의 재편성.

힘이 가진 균형의 추가 조금씩 기울기 시작했다.

당장은 사천왕들이 유리하다. 둠과 태양왕의 대결이 뒤로 미뤄진 영향이 컸다.

무엇보다 중립에서 가장 강하다고 정평이 난 안달톤 브뤼시엘이 사천왕 대열에 합류했다.

'안달톤 브뤼시엘.'

지금 이 전장의 주역은 그다. 내가 그를 끌어내었으나, 단지 그뿐이었음에도 혼자서 척척 진행해 버리고 있었다.

그 성과는 이미 내 예상을 넘어, 압도적이기까지 했다.

안달톤의 파급력은 파벌의 수장들에게 결코 꿀리지 않았다.

그러다 보니 오히려 의문이 생긴다. 왜 그는 여태껏 중립을 고수하며 혼자 행동하고 있었던 걸까?

'견제당한 거로군.'

둠, 제로, 팔콘, 아르하임.

네 명의 수장이 안달톤을 바라보는 눈빛이나 행동을 보고 깨달았다.

그들 역시 안달톤을 견제하고 있었던 것이다. 그의 힘을 알기에, 그가 파벌을 이루기 시작하면 자신들의 대적자, 혹은 그 이상으로 클 수 있음을 은연중 알고 있었던 게 분명하다.

그런데 지금, 그는 견제가 전혀 먹히지 않는 사천왕의 대열에 합류해 버렸다.

더불어…… 순식간에 나 역시 손을 쓸 수 없게 되었다.

"사자왕 안달톤 브뤼시엘이 데몬로드 도태의 살라만자르를 상대로 승리했습니다!"

승리.

상대에겐 죽음과 같은 의미의 말이 암흑인의 입을 타고 흘러나왔다.

안달톤 브뤼시엘은 상대를 압살했고, 그것은 확실히 내 이해의 범주를 어느 정도 벗어나 있는 일이었다.

'능력치 이상의 힘을 발휘하고 있다.'

내 심안은 데몬로드의 상태창마저도 이제 꿰뚫는 게 가능해졌다. 능력치는 어디까지나 객관적인 기준이 되고 그 기준을 벗어나는 일은 좀처럼 없었다.

하지만, 안달톤은 달랐다. 그는 기준을 벗어난 자다.

**이름:** 안달톤 브뤼시엘(value-지배 불가)

**직업:** 데몬로드

**칭호:**

- 절대악신의 힘(10Lv, 모든 능력치+8)
- 별의 주인(9Lv, 모든 능력치+6)

**능력치:**

힘 125(101+14) 민첩 128(104+14) 체력 117(103+14)

지능 114(100+14) 마력139(125+14)

잠재력(533+70/550)

**스킬:** 심연(11Lv), 휘몰아치는 악(10Lv), 군림자(10Lv)

단 두 개의 칭호.

그리고 사천왕의 인정을 받자 생겨난 스킬, 심연.

반대로 둠에게 있었던 '심연(11Lv)' 스킬은 삭제된 상태였다.

이 현상에 나는 주목했고, 결국 이 스킬이 일종의 '가호'와 비슷하다는 결론을 내렸다.

하여튼, 안달톤 브뤼시엘의 능력치는 분명히 나보다도 높지만 그렇다고 상대, 도태의 살라만자르를 압도할 정도는 아니었다.

'스킬의 영향인가?'

심연이란 스킬이 그들이 말하는 불멸과 관계가 있다면, 나머지 두 개의 스킬의 영향일 가능성이 컸다.

이름만 보아도 심상치 않은 기운이 물씬 풍기지 않은가.

특히 군림자(10Lv)의 경우 내 '지배자'의 스킬과 비슷한 느낌이었다. 다만, 나는 오로지 '지배'를 중점에 두는 반면 군림은 '상대의 위에 서는 것'을 뜻했다.

비슷하긴 해도 미묘하게 다르다는 말이다.

혹여나 싸우게 된다면 조심할 필요는 있을 듯싶었다.

그리고…….

"태양왕의 하수인, '신조 람'과 데몬로드 우리엘 디아블로의 대결이 시작되겠습니다."

내 차례가 왔다.

신조 람.

'신조'라 이름 붙은 이 신명스러운 새는 심연에 존재하는 모든 새 중에서 단연코 가장 특별했다.

용을 잡아먹는 새.

검은 불로 타오르는, 태양에서 태어난 유일종이었다.

심연의 수많은 괴물이 이 신조에게 잡아먹혔으며 오로지 초대의 태양왕만이 신조를 길들이는 데 성공했다고 한다.

신조는 오로지 태양왕만을 따르며, 수 대에 걸쳐 그 역할을 이행하고 있었다. 당연히 데몬로드들에게도 이 신조를 아주 무시할 순 없었다.

아니라면 데몬로드 굴리안 모르테가 신조 람의 상대가 되자마자 백기를 흔들 리 만무했으므로.

"우리엘 디아블로와 신조의 대결이라……."

"놈이 멸제의 카르페디엠을 죽였다고 하더라도 힘들겠지."

"멸제 따위와 신조를 비교할 순 없으니."

모두가 부정적이었다. 최약체의 데몬로드가 멸제의 카르페디엠을 죽였다는 건 인정해 줄 만한 성과지만 그래 봤자 상대가 멸제의 카르페디엠이어서 이겼을 따름이다.

신조는 심연의 괴물 중에서도 최상급을 달리는 존재.

비교할 대상이 손에 꼽을 정도로 적은, 수만 년을 살아온 '지혜의 새'였다.

아무리 우리엘 디아블로에게 특별한 힘이 있다고 한들 신조의 상대가 될 수는 없다. 어지간한 용은 간식처럼 먹고 다니는 게 신조인 탓이다.

"상대가 너무 나빴군."

"신조 람은 태양왕의 측근 중에서도 세 손가락에 들어가는 강자. 흠, 항복하겠지."

대전 상대를 정하는 방법은 '별의 의지'에 따라 결정됐다. 암흑인들이 신봉하는 신물 중 하나이며 모든 것을 '균형에 맞게 선택'해 준다고 하는 구슬이었다.

균열을 다루는 암흑인의 입장에서 균형을 잡아주는 저 구슬은 무엇과도 바꿀 수 없는 보물일 것이나, 사안이 사안이기에 가져온 것일 테다.

그리고 신조 람과 우리엘 디아블로의 대전이 결정됐다…….

당연히 모두가 우리엘이 항복할 거라고 생각했다.

끄룩?

그런데, 이상하다.

신조 람. 용을 잡아먹는 새이니 그 크기는 태양을 가릴 정도로 거대하다. 우리엘의 덩치가 크다고 해도 벼룩처럼 보일 정도다.

하지만 신조 람은 우리엘을 공격하지 않았다.

도리어 우리엘에게 관심을 가지고 그의 근처를 돌며 냄새를 맡는 행위를 보였다.

그 모습에, 태양왕의 미간마저 꿈틀거릴 정도였다.

"뭐지?"

"왜 신조가 공격하지 않는 거냐?"

"신조는 오로지 태양왕의 명령만을 수행할 텐데?"

더욱 놀라운 장면이 계속해서 이어졌다.

신조가 날개를 접었다. 다리를 꿇고, 우리엘의 얼굴에 거대한 빰을 비비기 시작했다.

친애의 의미다. 신조가 태양왕의 명령을 어겼다.

"……설마 우리엘이 태양왕의 피를 이었기 때문인가?"

"아니, 그럴 리 없다. 신조는 '현재'의 태양왕만을 따르니까."

"하지만 지금 저 모습은…… 복종의 자세와 비슷한데."

모두가 경악했다. 데몬로드도, 지켜보던 태양왕조차도 그 무표정한 얼굴에 변화가 생겼을 수준이니 말은 다했다.

신조 람!

거물 중의 거물, 심연에서 가장 오랜 시간 살아온 새가 태도를 바꿔 우리엘 디아블로에게 친애의 표시를 내비쳤다.

그리고 우리엘 디아블로는, 무척이나 자연스럽게 미소 지으며 신조의 빰을 어루만지고 있었다.

"신조가 주인을 바꿨다?"

"그럼 지금의 태양왕은 어떻게 되는 거지?"

이러한 일련의 일들이 사사하는 건 한 가지가 아니다.

신조는 오로지 태양왕만을 따른다.

수만 년, 아니, 어쩌면 그 이상 이어져 왔을지 모르는 절대적인 규칙.

그래서 신조는 태양왕에게 매우 특별한 의미를 주는 괴물이었다.

지금 그 규칙이 깨졌다.

아니면…… 왕이 바뀌었거나.

뭐가 뭔지 알 수가 없었다.

하지만 한 가지 확실한 건.

'우리엘 디아블로.'

그가 무언가를 했다는 거다.

신조를 마주하고 녀석의 눈을 바라본 순간 정신이 아찔해졌다. 모든 피가 역류하는 느낌.

[신조 람이 신성을 꿰뚫어 봅니다.]

[ '태양왕의 자격' 을 만족했습니다.]

[ '지배 불가' 에서 '지배 가능' 상태로 변환되었습니다.]

[지배자의 권능으로 신조를 사육한다면, 권능의 폭이 더욱 넓어질 것입니다.]

꿀꺽!

침을 삼켰다. 나조차도 예상하지 못한 현상이었다.

'지배자의 권능을 사용할 생각이 있긴 했지만.'

지배자의 권능은 만능이 아니다. 한계가 있으며 특정 이상의 격을 가진 존재 역시 지배할 수 없었다.

신조 람이 그랬다. 신조라 불리는 이 괴물의 격은 어지간한 데몬로드보다 한 단계 더 높았다. 오로지 태양왕만을 따르기에 지배 역시 불가능했다.

그런데, 마주한 순간 변했다.

'태양왕의 자격?'

그게 무엇인지는 모르겠으나 신조의 태도가 긍정적으로 변한 것만은 확실했다. 신조의 불꽃이 내게 닿았으나 전혀 뜨겁지 않았던 것이다.

심안을 열어, 신조를 바라보았다.

**이름:** 신조 람(value-1,470,700(긍적적인 효과로 인해 70% 격감한 상태))

**능력치:**

힘 125 민첩 115 체력 120

지능 130 마력 130

잠재력(620/620)

엄청난 능력치였다. 우리엘 디아블로의 능력치 총합이 고작 600인 걸 감안하면, 나조차도 뛰어넘는 강자. 왜 신조라 불리는지 이해가 되는 대목이다.

하지만 70% 격감한 상태라니?

'자격을 획득해서인가?'

태양왕의 자격. 정확한 건 알 수 없으나, 지금의 태양왕보다도 나를 인정하게 된 것만은 분명했다. 하지만 그래도 70%의 효과뿐이었다.

그래서 147만 포인트.

내가 가진 모든 걸 털어 넣으면 불가능하진 않았다.

다음의 경매를 위해 계속해서 쌓아온 포인트가 140만가량이었고, 이번 둠의 초청에 응해 10만 포인트를 벌어 150만 정도를 가지고 있었던 것이다.

[지배하시겠습니까?]

고개를 끄덕였다.

'지배하겠다.'

지배자의 권능이 발현됐다.

그 순간, 신조가 날개를 접고 내 앞에 다소곳이 앉았다.

내가 신조의 빰을 손으로 훑자 멀지 않은 곳에서 '그'의 목소리가 들렸다.

"우리엘…… 디아블로."

태양왕.

그가 매우 심기 불편한 눈빛으로 나를 바라보고 있었다.

잠시 생각을 정리했다.

신조는 태양왕의 증표와 같은 존재. 그 존재가 나를 따기 시작했으니 태양왕의 심기가 편할 리 만무했다.

게다가 의도치 않았지만 거하게 뒤통수를 때렸다. 내가 '지배'하며 확정 사안이 되었으니 말이다.

'영원한 우군은 없다.'

이곳은 심연이다.

나는 태양왕을 찾아가 그에게 둠을 조심하라 말하며 경계심을 세웠을 뿐이다. 애당초 내가 바라는 건 서로 싸우며 공멸하는 것이었다.

그의 우군이 될 생각은 없었다.

아니, 애당초 이곳 심연의 모든 '왕'이라 칭하는 것들이 내 적이다. 그들을 이용할지언정 우정이나 쌓으며 하하호호 시간을 보낼 생각 따윈 추호도 없었다.

무엇보다 태양왕 역시 나를 이용하려 하지 않았던가?

'태양왕은 그런 자다. 이용하기 위해 들어주는 척을 할 뿐.'

내게 이용가치가 있기에 어울려 줬을 것이다. 그것이 정확히 무엇인지는 모르겠지만 단순히 둠과 사자왕이 동일한 존재라는 '말'만으로는 그가 움직일 리 없었다.

그 역시 내게 바라는 게 있다는 뜻이겠지.

우리엘의 기억을 더듬어 보면 보다 확실해진다.

서로가 서로를 이용한다. 누가 더 '잘'하느냐의 차이를 제외하면 우호를 다지기엔 처음부터 무리가 있는 관계다.

무엇보다…….

'본능적인 거부감.'

이 거부감은 우리엘에게서 나온 건가?

태양왕을 대하는 내내 가슴이 거북했다.

인간인 내가 가진 감정일지, 아니면 우리엘의 거부감일지 모르겠으나 결코 가까이하고 싶지 않다는 느낌이 계속됐다.

물론 신조 람을 지배한 건 대놓고 그에게 반기를 든 것이다. 어차피 내가 바라는 판은 만들어졌으니 그에게서 더 도움을 바랄 건 없었다.

'오히려 지금이 적기지.'

내가 바라는 판이 만들어졌으니, 더는 그에게 의지할 이유가 없다. 오히려 신조를 지배하여 그의 화를 돋우는 건 내 입지를 만들 수 있는 것과 동시에 그의 입지를 갉아먹는 역할을 할 것이다.

당장 주변의 반응만 보더라도 알 수 있었다.

"허, 믿기지 않는군."

"그럼 지금의 태양왕은 더 이상 태양왕이 아니란 거냐?"

"그럴 리가. 그들이 말했지 않나. 사천왕의 위치는 그들 스스로의 '인정'으로 성립된다고. 이곳에 있는 사천왕이 우리엘 디아블로를 인정하지 않았으니……."

"하지만 신조는 태양왕만을 따른다고 하던데?"

의문은 증폭됐다. 모두가 의해할 수밖에 없었다.

하지만, 신조가 바라본 건 내가 가진 '신성'이었다. 거신을 죽이겠다는 일념.

태양을 부수고 새로운 태양을 만들겠다는 의지!

아마도 신조가 따르는 자의 조건 자체가 그런 것이었겠지.

가짜가 아닌 '진짜'에게 더욱 끌린 것이었다.

그렇다면…… 내가 더욱 '적법한 태양왕의 계승자'라는 말과도 일맥상통하지 않을까?

'우연치곤 기가 막히지만, 이 기회를 먹을 수 있느냐 마느냐는 온전히 내 행동에 따라 바뀐다.'

그럴싸하지만 위험한 도박이다.

태양왕은 강하다. 하나 그가 가진 힘은 미지수였다. 둠이내민 도전장을 기꺼이 응수할 정도의 무언가를 숨기고 있다.

그래도 이번 판을 잘만 활용한다면, 이끌어 갈 수 있다면…….

'모든 걸 바꿀 수 있겠지.'

앞으로의 미래. 절망으로 가득 찼던 그 나날들을 바꿀 힘!

그것을 얻을 수 있으리라.

모든 것은 의혹에서 시작된다.

이미 안달톤 브뤼시엘이 사자왕의 자리에 올라선 전례가 생겼으니, 누가 아는가?

우리엘 디아블로가 새로운 태양왕으로 등극하게 될지 말이다.

쿵!

신조가 배를 보이고 드러누웠다.

항복의 의사다. 나는 녀석의 배를 쓰다듬으며 기꺼이 고개를 끄덕였다.

하지만 눈은 태양왕에게 가 있었다.

자, 내 의사는 명확하다. 나는 여기서 끝낼 생각이 없었다. 신조 람을 시작으로, 네가 가진 모든 걸 차지하겠노라고.

여유롭게 미소지어 보였다.

'우리엘 디아블로 또한 그것을 바라고 있을 터.'

심장이 뛰었다.

그의 의지가 곧 나의 의지다.

나 또한 그의 파멸을 바라고 있었다.

"우리엘 디아블로? 그 100년 잠에서 깨어난 녀석 말이냐?"

"흠, 둠이 말하길 그 역시 태양왕의 피를 이었다는군."

"그래 봤자 최약체의 데몬로드 아닌가. 멸제의 카르페디엠 따위를 잡았다고 머리가 돌아버린 것은 아니겠지?"

"분명한 건 처음으로 태양왕의 얼굴에 '금'이 갔다는 거다. 적어도 우리엘 디아블로와 신조의 반항으로 인해 태양왕이 흔들리기 시작했다는 것은 확실."

"……일이 재밌게 돌아가는군."

팔콘 파벌의 데몬로드들이 서로 대화를 나눴다. 이러한 대화는 그들만이 아니라 모든 데몬로드가 은연중 나누고 있는 것이었다.

태양왕이 흔들렸다. 그의 철면과 같았던 가면이 드디어 깨졌다.

어느 정도 '격'을 지닌 인물들은, 단순한 감정의 변화만으로도 보다 많은 의미를 내보일 수 있었다. 그리고 태양왕 정도 되는 자의 흔들림이라면 보다 강한 격변을 선사할 것이다.

기회였다. 그를 끌어내릴.

“팔콘 님, 왜 인상을 찌푸리고 계십니까?”

하나 팔콘은 팔짱을 낀 채 인상을 구기고 있었다.

데몬로드 하나가 그 이유에 대해 묻자 팔콘은 고개를 저었다.

“마음에 들지 않아.”

“무엇이 말입니까?”

“태양왕과의 협상은 결렬되었다. 결국 우리 둘 중 하나만 살 수 있다는 뜻이지.”

“그 태양왕조차 흔들리기 시작했습니다. 절호의 기회입니다.”

“하나 그 기회를 부여한 게 ‘우리엘 디아블로’다. 어떻게 신조를 길들인 건지는 모르겠지만 태양왕 휘하의 놈들에게도 적잖은 영향을 줄 테지.”

“그래 봤자 우리엘 디아블로입니다. 놈 혼자서 할 수 있는 건 아무것도 없습니다.”

맞는 말이다. 우리엘 디아블로는 태양왕의 근간을 흔들었다. 사천왕 중 하나만 무너져도 이 싸움, 확실한 우위를 점할 수 있다.

하지만 우리엘 디아블로, 놈이 걸린다.

"어떻게 살아 있는 거지?"

"살아 있다니요?"

"멸제의 카르페디엠을 죽였다. 그 제로가 그것을 가만히 방관하고 있는다고?"

계속해서 걸리는 점이었다.

제로. 그 역시 파벌의 수장이고, 지옥왕에게 후원을 받는 존재였다.

솔직히 수장 중에서도 제로가 가장 베일에 싸였다. 놈은 도무지가 알 수가 없는 녀석이었다.

그리고 지금, 제로는 지옥왕과 그의 하수인들을 상대로 미친 듯한 존재감을 뿜어내는 중이었다. 모두를 죽이고 죽이며 어쩌면 지옥왕조차 무릎 꿇릴지 모른다.

그의 악명대로였다. 마음에 들지 않는 모든 것을, 자신의 것을 건드리는 모든 자를 말살해 버리는 제로다웠다.

그런데…… 아무리 멸제의 카르페디엠이 최약체라 하더라도 제로 파벌에 속해 있건만, 그를 죽인 우리엘 디아블로를 묵인한다?

'이상해.'

뭔가가 있다.

그 제로가 이만한 사건을 그냥 넘어갈 리 없잖은가.

"소문입니다만, 제로가 우리엘 디아블로에게 손을 내밀었다고 합니다."

"무슨 의미지?"

"멸제의 자리를 대신해서 들어오라는 것이었지요."

"흠, 그렇다면 당연히 손을 잡았겠군."

아주 납득이 되는 건 아니지만 이해할 수 없는 범위는 아니었다. 그러나 말을 건넨 데몬로드가 고개를 저었다.

"거부했다고 하더군요. 물론 뜬소문일 수도 있습니다만."

"그럼 더욱 놈이 살아 있는 게 이상해지지 않나?"

"하지만 코끼리가 굳이 개미 하나하나를 찾아가며 밟지는 않지 않습니까?"

"아니다. 분명히 우리엘, 놈에겐 무언가가 있다."

제로는 봤지만 자신은 보지 못한 것.

분하지만 그런 게 있을 수는 있었다.

그게 무엇인지 파악해야 한다. 따지고 보면 이 판을 새로 만들고, 태양왕의 가면을 깬 것 모두 우리엘 혼자서 해낸 일이었다.

다른 데몬로드들이 '고작 우리엘 디아블로'라고 칭하는 녀석이 말이다!

'대체 뭐냐. 무엇을 갖고 있는 거냐.'

팔콘은 우리엘 디아블로를 주시했다.

자신이 놓친 게 무엇인지 알기 위해서.

[권능보다 상위의 격을 지닌 '신조 람'을 지배하는 데 성공했습니다.]

[지배자의 권능이 가진 범용성이 넓어집니다.]

지배가 불가능했던 것들이 가능하게 변했다.

지배자의 권능이 가진 한계는 10Lv 안팎의 존재들이었으나 신조를 길들이는 데 성공하며 그 범위가 넓어진 것이다.

물론 당장은 사용할 수 없었다. 포인트가 부족했기 때문이다.

하지만, 가능성은 더욱 많아졌다. 단순히 포인트만 있다면 강력한 존재들마저 내 휘하로 들일 수 있다는 뜻 아니겠는가?

"우리 왕께서 너에게 관심이 있으시다. 항복하겠다면 중히 사용해 주마."

상대는 지옥왕의 하수인, '엘더 리치'라 불리는 존재였다. 최상위의 리치 종으로, 나도 직접 보는 건 처음이다.

심연에서조차 두려워하는 리치라니.

그리고 지금 지옥왕이 내게 러브콜을 보내온 것이었다. 태양왕의 신조를 길들였으니, 내가 그의 편에 서면 '명분'을 실어주겠다는 거다.

얍삽한 녀석.

“거절한다.”

나는 누구의 아래에도 들어가지 않는다.

무모하지 않느냐고?

어차피 놈들은 괴물이고 악당이다. 밑으로 들어간다고 얌전히 사용해 줄 리가 없었다.

잔혹하게 혹사시키고 마지막엔 버리는 패로 사용하겠지.

“무모하군. 아무리 데몬로드라도 엘더 리치인 나를 상대하긴 어려울 텐데.”

엘더 리치. 그는 저주받은 존재다.

하지만 나도 저주라면 일가견이 있었다.

‘검은 별.’

검은 별. 대상 하나를 지정해 극악의 저주를 선사하는 우리엘 디아블로만의 공격적인 권능!

애당초 우리엘 디아블로는 전투형이 아니다. 그럼에도 전투에 참전한 건, 1:1의 대결이라는 이점 때문이었다.

이 싸움이라면 나도 싸울 수 있다. 싸워서 이길 수 있었다.

휘이이이잉!

곧 내 위로 거대한 검은 별 하나가 떠올랐다.

별이 비추는 자는 엘더 리치. 별을 본 리치가 한 발자국 물러섰다.

“이 저주는 고대에 사라진 것이었을 텐데……! 어찌 데몬로드가 무저갱의 왕의 저주를 사용할 수 있단 말이냐!"

검은 별이 고대의 저주라고?

처음 듣는 것이었다. 그러고 보면, 우리엘이 이 저주의 권능을 얻었을 때의 기억은 없었다. 단순히 갈고 닦은 저주라고만 생각했는데.

동화율이 무척이나 높아진 지금도 오한성의 몸으로는 이 저주를 사용할 수 없었다. 오로지 우리엘만이 사용하는 게 가능했다.

"놀랍지만 그뿐이다. 그래 봤자 허약한 마족 따위가 모든 저주의 집합체인 나를 이길 순 없다!"

약화의 저주. 리치의 움직임이 느려졌다.

하지만 여전히 쉽지 않은 싸움이 될 것만은 분명했다.

나는 최대한 냉정히 상대를 바라봤다.

스르릉.

그리고 검을 꺼냈다.

월천. 여태껏 드러내지 않았으나 처음으로 선보인 무기.

월천을 꺼냈다는 건, 내가 작정하고 이 전쟁에 참여하겠다는 의미였다.

'이긴다.'

그리고 반드시 승리하겠다는 의미였다.

"로드께서 검술을……?"

가장 먼저 라이라가 고개를 갸웃했다.

우리엘 디아블로. 그가 검을 쥐고 흔드는 모습은 살아생전 처음 보는 것이었기에.

하지만 놀란 건 그녀만이 아니었다.

"저 검은……."

"대라선께서 사용하시는 검이잖아?"

오룡, 그들도 적잖이 놀라고 있었다.

더욱 놀라운 건 검술.

심연에는 체계적으로 '검술'이라 칭할 만한 사료가 적다. 오로지 자격이 있는 자들이 조심스럽게 계승하는 것이며, 그조차도 조악한 게 대부분이었다.

애당초 '기술'이 필요할 정도로 약한 자들이 그런 공부를 하는 것이다.

심연의 강자들은 존재만으로 강한데 뭐하러 기술을 갈고 닦을 필요가 있겠는가?

한데, 강자 중의 강자가 펼치는 검술은 달랐다.

"저, 저 검술……! 대라선께서 사용하는 검술이잖아!"

"어떻게 된 거야?"

"구화린, 뭐 아는 거 있나?"

"……나도 몰라."

미치도록 무거우며 한 방, 한 방이 무거운 검무였다.

오로지 적의 목숨을 끊어내고자 펼치는 살의의 결정체!

대라선의 검술이다.

마치 대라선인 오한성과 동일인물이라도 되는 것 같지 않은가.

콰드드득!

이윽고 엘더 리치의 전신이 박살 나며 흩어지고 승패가 결정 났다.

"……로드시여."

라이라는 놀라움에 사로잡혀 그 장면을 바라보고만 있었다.

망설임은 있었다. 데몬로드의 몸, 그것도 우리엘 디아블로의 몸으로 검을 다룬다면 얼마나 강해질 수 있을지.

하지만 만약 우리엘 디아블로의 몸으로 모든 걸 체득하고 행할 수 있다면…… 본래의 '나'는, 오한성이란 인간은 필요 없는 게 아닐까 하는 그런 의구심은 있었다.

그래서 망설였고, 그래서 구분하고 있었지만.

하지만 지금은 그런 걸 따질 때가 아니었다.

'역시 이 몸에는 맞지 않군.'

내가 익힌 검술은 야차에게서 비롯한 것이었다.

그나마 구조가 비슷한 인간이었기에 그 힘을 끌어낼 수 있었지만, 마족의 몸에는 역시 익숙하지 않다.

그러나…… 파괴력은 달랐다. 맞지 않음에도 단번에 적을 압살했다.

'태을무극심법을 익히지 않은 몸으로는 힘의 절제가 안 돼.'

문제는 마력의 소모다. 탈혼무정검은 오로지 공격일변도의 검법. 검을 펼치는 순간 내 모든 걸 쏟아내게 된다. 그래서 필요한 게 균형을 잡아주는 태을무극심법이었다.

하지만 우리엘은 태을무극심법을 익히지 못했다.

'암령'의 존재가 없는 이상, 우리엘이 그 심법을 익힐 수 있는 방법은 없다.

그래서 검에 모든 마력이 실렸다. 한 방, 한 방에 산마저 베어낼 정도의 힘이 담겨 있었다.

"……우리엘 디아블로가 이겼다?"

"저 검은 별은 우리엘 디아블로의 권능인가?"

"하지만 검술은…… 고작 검 따위를 휘두르며 저만한 위력이라니. 특수한 재료로 만들어진 검인가 보군."

웅성거림임이 잦아들지 않았다. 엘더 리치, 놈은 지옥왕의 왼팔이다. 왼팔 격의 존재를 '검'으로 압살했다. 소란이 날 만했다.

나는 천천히 월천을 바라봤다.

우리엘 디아블로의 마력. 월천은 그 이질적인 마력조차 견뎌냈다. 도리어 흡수하고 더욱 강한 힘으로 방출했다.

'월천은 완성된 게 아니야.'

만약 월천이 완성된다면, 어쩌면 파벌의 수장들마저도 상대할 수 있는 '검'이 될지도 모른다. 하지만 그 열쇠는 여전히 오룡이 쥐고 있었다.

오룡의 각성, 그것을 위해선 우선 이 전쟁에서 이겨야 한다.

적은 많다. 고작 하나를 베었다고 멈춰 있을 순 없는 노릇.

'오래 싸우진 못하겠군.'

무분별한 마력의 남용으로 기껏해야 한두 번을 싸우면 탈진이 올 듯싶었다.

그러니 그 안에 보다 강렬한 '이미지'를 심어주고, 최대한 싸우지 않는 방향으로 끌고 나갈 필요가 있었다.

키아아아아아악!

신조 람.

내 승리를 축하하며 기운차게 울었다.

동시에 태양왕의 진영에서 눈에 띌 정도의 흔들림이 있었다.

신조 람은 태양왕의 상징. 그 상징이 나를 따르게 되었으니, 저들로서도 나를 상대하기 여간 껄끄러울 터였다.

그 틈을 노린다.

'내 모든 기지를 발휘하여 압도적으로 이긴다면.'

가능할까?

이곳은 강자의 축제다. 심연의 모든 강자가 이곳에 있다고 봐도 무방하다.

이곳에서, 최약체의 데몬로드였던 내가 중심이 될 수 있을까?

하지만 그게 가능하다면, 이변이 일어날 것이다. 적어도 진정한 강자들이 나를 경계하며 섣불리 건드리지 못하는 계기는 될 것이었다.

그러기 위해서 필요한 전제 조건은 하나였다.

나는 태양왕을 바라봤다.

언짢은 표정으로 나를 바라보는 그를.

'내가 태양왕이 된다.'

내겐 그 자격이 있었으니.

"……항복하겠다."

태양왕의 표정이 처음으로 무너졌다.

그의 하수인 중 하나가 던진 '항복 의사' 때문이다.

우리엘 디아블로. 그리고 신조 람!

둘의 존재가 태양왕의 진영을 뒤흔들고 있었다.

태양왕은 즉위한 지 얼마 되지 않은 왕이다. 그 정통성을 벌써부터 의심받는다면, 기반과 힘을 잃는다.

"나는 오로지 태양왕에게 충성을 맹세했다. 신조 람, 태양왕의 상징이 따르는 너를 공격할 순 없다."

게다가 지금 항복을 선언한 존재의 출현으로 인해 진영은 더욱 흔들렸다.

태양왕의 직속기사단, 그중 제3군단장을 맡고 있는 자!

역대로 태양왕을 호위해 온 심연의 절대 강자 중 하나였다.

"3군단장이?"

"벌써 셋…… 신조 람의 비호를 받는 자를 공격할 순 없다는 건가?"

"하지만 새로이 즉위한 태양왕께서 멀쩡히 살아계시는데?"

"저들이 충성하는 건 오로지 태양왕이란 이름뿐이다. 누가 왕에 오르든 따르는 충신들이지. 한데 우리엘? 어디서 많이 들어본 이름이군."

"'피의 숙청'이 일어날 때 유일하게 살아남은 후계자의 이름이 우리엘이었지. 설마 그 겁쟁이를 살려둔 게 화의 근원이 될 줄이야."

"그 '보는 것'이 전부였던 무능한 왕자 말인가……."

남은 군단장들과 몇몇 마족이 수군거리기 시작했다.

우리엘 디아블로. 새로이 격상한 '자격'을 지닌 자에게.

또한, 우리엘이 조명받자 그의 휘하에 있는 라이라 역시 주목을 받았다.

라이라의 날개 한쪽이 새하얗게 빛났다.

라이라는 분명히 '광명'을 다루고 있었다. 엄청난 속도를 가지고 있으면서 주체하지 못하는 모습이 몇 번이나 나타났다.

"라이라. 반신격을 지닌 '발키리의 딸'이로군. 그러고 보니 그녀 역시 '정통의 핏줄'이 아니었던가?"

"전대 태양왕 말이지……."

"전대 태양왕은 새로이 즉위한 왕에게 먹혔지만, 아직은 전대의 왕을 따르는 자가 더 많아. 저 힘을 제대로 다룰 수만 있게 된다면 많은 자를 현 태양왕으로부터 등을 돌리게 할 수도 있겠군."

태양왕은 말 그대로 태양이다.

하지만 새로이 즉위한 왕은 온전히 모든 것을 가지지 못했다.

피의 숙청. 강제로 먹고 삼킨 탓에 소화되지 않은 힘들이 존재하고 있었다.

그리고 그 힘들은 암암리에 잠들어 기회를 노리고 있었다.

라이라의 존재를 몰랐던 것은 아니다. 하지만 '왕'이라 칭하기엔 너무 약한지라 기회만 보고 있었을 뿐이다.

하지만 지금 보이는 저 모습은, 완성되진 않았으나 충분한 가능성을 사사해 주고 있었다.

"신조 람과 전대 태양왕의 핏줄. 충분한 명분이지 않나? 제3군단장은 중립이지만, 명분을 업고 왕이 바뀐다면 우리에게 동조해 줄 것이야."

"라이라 디아블로와 접선해 보도록 하지."

"우리엘 디아블로는?"

"그가 왕으로 즉위한다면 지금의 '반대파'를 흡수할 수 없다. 하지만 '라이라 디아블로'는 아주 아름다운 꽃이지. 우리에게 필요한 건 '거래'야."

"거래라. 내용이 중요하겠군."

"그녀가 왕으로 즉위한다면, 전면적인 협조를 약속하면 되겠지. '위대한 별'은 모든 데몬로드가 바라는 게 아닌가?"

암암리에 전복을 꿈꾸는 자들.

그들은 위대한 별 따위에 관심이 없었다.

새로운 왕조를 내세우며 태양왕을 자신의 꼭두각시로 부리는 것!

오로지 그것만을 위해 모인 게 그들이다.

그리고 우리엘 디아블로는 이 먹이를 결코 반대할 수 없을 것이다.

"하지만 맨손으로는 갈 수 없지. '그것'을 그에게 전달하도록."

"그것을? 하지만, 너무 아깝지 않나? 태양왕의 눈을 피해 겨우 빼돌린 것인데."

"어차피 우리가 사용할 수 없는 힘이다. '그것'을 받는다면 우리엘 디아블로는 감히 거부하지 못할 터. 파트리오, 네가 전해주어라."

파트리오라 불린 마족. 전신에 알 수 없는 문신이 새겨진 검은 머리의 마족이 천천히 고개를 들었다.

방대한 마력이 저 문신 안에 봉인되어 있었다.

봉인이 풀리는 순간 광범위한 천재지변이 일어날 것이다.

"그리고 그럴 리는 없겠지만, 만에 하나 그가 거절한다면 그를 죽여도 좋다. 우리에게 필요한 건 오로지 비운의 황녀뿐이니까."

"……알았다."

파트리오라 불린 마족이 고개를 끄덕였다.

동시에…… 전장의 중심으로 알 수 없는 기류가 흐르기 시작했다.

3번을 이기고, 3번의 항복을 받아냈다.

마력은 고갈 상태였다. 더는 싸우고 싶어도 싸울 수가 없었다.

그리고 다행스럽게도 전쟁은 잠시 소강상태로 접어들었다.

'니드호그의 움직임이 멈췄다.'

심연으로 강림하던 니드호그의 움직임이 멈췄다. 그 추이를 보고자 모두가 잠시 전쟁을 중단한 것이다.

니드호그가 잘못 강림하면 모두가 죽는다. 아니, 심연 자체가 멸한다. 그것을 모를 자들이 아니었다.

'신을 먹는 신.'

니드호그. 모든 신조차 감히 그 이름을 입에 담지 못했던, 전율의 존재. 둠이 공포의 전조라면, 니드호그는 공포 그 자체였다.

나는 가만히 니드호그를 올려다보았다.

거신. 도저히 이길 수가 없을 것만 같은 느낌이었다.

'위대한 별'을 거머쥔다 해도 저 괴물을 이길 수 있을까?

'태양왕이 괜히 태초의 저주라 칭한 게 아니겠지.'

태초의 저주.

어쩌면 모든 것의 시발점이 되었을 수도 있는 괴물이었다.

위그드라실의 뿌리를 먹는 니드호그, 균열을 일으키며 날갯짓을 하는 흐레스벨그. 그녀는 둘의 사이를 중재하는 '라타토스크'.

가짜 알레테이아의 말이 사실이라면, 라타토스크가 잠들며 니드호그의 봉인이 풀렸다.

흐레스벨그는 뭐 하는 존재인지 알 수 없으나, 그가 균열과 매우 연관이 깊다는 건 확실했다.

내가 할 수 있는 건 '위대한 별'을 손에 넣고 모든 인과의 매듭을 맺는 것이다.

어쩌면 저 니드호그와 싸우거나 라타토스크를 직접 깨워야 할 수도 있었다.

'모든 열쇠는 위대한 별로부터…….'

하지만 이게 전부는 아닐 것이다.

애당초 라타토스크를 재운 건 누구인가?

아직, 내가 더 알아야 할 것들이 있는 것 같았다.

그러기 위해선 사천왕들이 '위대한 별'을 심연에 두는 조건으로 받았다는 '지혜의 정수'가 필요했다. 태양왕이 되면 그것을 손에 넣을 수 있겠지.

"……누구냐."

고개를 돌렸다.

심연의 어둠 속에 몸을 감춘 그림자가 하나.

내가 말하자, 그림자가 그 속에서 모습을 드러냈다.

"태양왕의 측에 있었던 놈이로군."

내 기억력은 좋은 편이다. 오한성의 몸으로 태양왕을 접했을 때, 그를 지키던 '괴물' 중에 하나가 바로 저놈이었다.

한데 몰래 나를 찾아왔다?

태양왕의 전언인가?

"우리엘 디아블로. '거래'를 하자."

"내가 항복이라도 해주길 바라는 건가?"

"그 반대다. 우리는 새롭게 즉위한 태양왕의 소멸을 원한다."

"……태양왕도 고생이 많은 모양이군."

내심 웃고 말았다.

흔들림이 없는 집단은 존재하지 않는다.

태양왕은 이제 막 즉위했기에 그 흔들림이 더욱 큰 모양이었다.

아마도 내가 '신조 람'을 지배하며, 태양왕을 흔드는 원흉들이 접선을 해온 것이겠지.

겉으로는 태양왕을 지키는 척하면서, 사실은 칼을 갈고 있었다?

하여간 누가 심연의 악당들 아니랄까 봐.

"그리고 우리는 '라이라 디아블로'가 태양왕의 자리에 즉위하길 원한다."

"내가 아닌 라이라가 말이냐?"

"그녀는 전대 태양왕의 피를 이은 존재. 하물며 '반신 발키리'의 힘을 갖고 있다. 그 잠재력은 모든 사천왕을 뛰어넘겠지."

"거절한다. 그 아이에게는 너무 큰 짐이로군."

라이라를 높게 봐주는 건 고맙다. 나도 동의하는 부분이었다. 라이라가 저 힘을 제대로 다룰 수 있게 된다면, 그 포텐은 어마어마할 것이다.

하지만 나는 라이라가 그 무거운 자리에 앉는 게 달갑지 않았다. 무엇보다 내가 태양왕이 되어야만 '세계의 비밀'을 파헤칠 수 있었다.

"네가 '위대한 별'을 거머쥘 수 있도록 도와주마. 또한, 그 외의 선물도 있다. 이것을 보면 마음이 달라질 것이다."

"일단 보고 판단하지."

팔짱을 꼈다. 놈이 출현한 순간부터 이 주변의 공간이 단절됐다. 잠시나마 내가 있던 공간을 다른 공간으로 전이시킨 듯싶었다.

데몬로드의 '격'조차 움직일 수 있다니, 보통 놈은 아니다. 심안으로 살핀 결과 '봉인'의 흔적도 찾을 수 있었다.

이윽고 놈이 그림자 속에서 또 다른 무언가를 꺼냈다.

"……!"

부르르르!

그것은 본 순간, 정신이 새하얘졌다. 나도 모르게 눈물이 흘렀다.

이 눈물은 내가 흘린 눈물이 아니다.

이 눈물은…… 우리엘 디아블로, 그가 흘리는 것이었다.

'엘레나.'

반신 발키리.

'믿음'의 존재, 그리고 싸우는 처녀.

그녀의 시체가 내 앞에 있었다.

그녀의 시체를 본 순간, 나는, 우리엘 디아블로는, 하염없이 눈물을 흘릴 수밖에 없었다.

심연. 어둡고 사악한 감정이 지배하는 악의 울타리. 그 안에서 우리엘은 엘레나를 만나고 처음으로 '사랑'에 빠졌다.

그의 기억 속 편린들을 보면, 우리엘은 그것이 사랑인 줄도 모르고 방황하다가 엘레나가 죽은 다음에야 그 감정이 무엇인지 깨닫게 되었다.

그래서 그녀의 딸인 라이라와 함께 도망을 결심한 것이고…… 결국 무한한 가능성 끝에 '나'를 찾아 미래 선택을 행했다.

"그녀가 새로운 황녀로 등극하는 걸 도와준다면 이것을 선물로 주마. 하지만 거절한다면 너희 모두가 불행해질 것이다."

문신의 마족은 당장에라도 공격을 해올 기세였다.

이미 연달아 싸운 여파로 내 마력은 고갈된 상태.

나는 선택해야 했다.

애초에 이들을 믿을 수 있는가?

현재의 태양왕을 배제시키려 하는 것처럼, 라이라도 배제시킬 수 있는 노릇 아니겠는가.

하물며 이들이 정상적으로 라이라를 따를 것 같지도 않았다.

'이들이 원하는 건 꼭두각시다.'

뻔하다. 정말 뻔하디뻔한 레퍼토리였다.

그들은 오로지 그들에 의한 집권을 바라고 있었다.

만약에 아무런 대책도 없이 그저 고개를 끄덕인다면, 라이라는 그들의 꼭두각시가 되고 그녀와 나 사이의 연결 고리도 차단될 것이다.

그렇다고 무작정 거절할 수도 없었다.

'이들은 자신이 있다.'

단순히 라이라 하나가 추가됐다고 태양왕을 전복시키는 게 가능할 리 없다. 분명히 그만한 힘을 지니고 있을 것이었다.

거절할 경우 그들의 힘이 나를 옥죄어올 수도 있었다.

무엇보다 엘레나가 계속해서 눈에 밟힌다.

'우리엘, 우리엘 디아블로. 네가 진정으로 바라는 게 무엇이냐.'

지금 내가 보인 눈물은 우리엘의 신체에 남아 있던 마지막 본능과도 같은 것이었을 테다.

우리엘 본인이 가진 감정이 극도에 달해 마침내 눈물로 승화했다고, 그렇게 생각했다.

여기서…… 나는 우리엘의 감정을 존중해 주기로 했다. 그의 기억을 읽은 나는 우리엘이 엘레나를 어떻게 생각하는지 잘 알고 있다.

라이라와 같은, 어쩌면 그 이상의 애정.

자신의 목숨과 영혼도 가볍게 버릴 수 있을 정도의 사랑!

심연의 괴물이라고는 생각할 수 없는 순수한 감정이었다.

'심안.'

**이름:** 파트리오(value-3,000,000)

**능력치:**

힘 100 민첩 100 체력 100

지능 100 마력 100

잠재력(500/500)

**특이사항:**

-오로지 싸우기 위해 만들어진 병기입니다.

-용과 발록을 비롯한 수많은 인자가 뒤섞여 있습니다.

-너무나 강력한 탓해, 봉인이 되어 있습니다.

-봉인이 해제될 때마다 세포의 노화가 급속도로 빨라집니다.

강력해서 봉인이 되어 있다. 가치로 추측하면 그 힘의 크기가 무시할 수 없을 정도라는 걸 알 수 있다.

신조 람보단 떨어지지만, 신조의 경우 그 특이성 때문에 가치가 가파르게 올라간 것도 있을 테니까.

하지만 파트리오, 이놈은 그저 강자였다.

강력한 힘을 봉인해 둬야 할 정도로 불완전하다는 것이겠지만…… 나는 최대한 머리를 굴렸다.

저들과 나는 공생할 수 없다.

라이라를 건네주고 약속의 이행을 바란다?

그것도 장담할 수가 없었다.

오히려 라이라만 잃게 될 가능성이 높다.

'거절할 경우 나를 죽이라는 명령도 내렸겠지. 그만큼 자신이 있다는 거다.'

그렇다고 무작정 반대한다면 언제나 등 뒤를 걱정해야 하는 신세가 될 수도 있었다.

세 번을 이겼다고 자만해선 안 된다.

나는 약자다. 철저하게 약자라서, 이용할 수 있는 모든 걸 이용해 이길 따름이었다.

내 패는 거의 보여준 것이나 다름없었고, 그 패들을 염두에 두며 이놈, 파트리오를 보낸 것일 터였다.

설령 내가 파트리오를 이긴다 해도 끝이 아닐 게 자명한 상황.

"거래를 하지."

"우리의 거래를 받아들이겠단 건가?"

"아니, 나는 그들이 아닌 '너'와 거래하고 싶다. 파트리오."

"허튼수작. 네가 '보는 것'에 일가견이 있다는 건 나도 알고 있다."

파트리오가 경계했다. 말한 적 없는 자신의 이름을 내가 호명하자 살짝 놀란 기색도 있었지만, 금세 원래의 태도로 돌아와 도리어 경계심을 높였다.

자, 여기서부터가 시작이었다.

'보는 것'은 알지만, 내가 어디까지 볼 수 있을지는 아무도 모른다. 오로지 나만이 안다.

'불완전한 병기.'

파트리오라 이름 붙은 이 마족은 태생부터가 병기로 만들어졌다. 용과 발록 등의 인자들이 무작위로 뒤섞인 키메라. 하지만 생각보다 강력하여 봉인되었고, 불완전한 상태를 계속해서 이어가고 있다는 뜻이다.

"파트리오, 보다 완벽해지고 싶지 않나?"

대화를 하자. 너의 감정이 부딪히는 방향을 내게 알려다오.

그리된다면 나는 너의 '기억'을 엿볼 수 있다. 관리자의 권한으로!

하지만 그것도 파트리오가 미끼를 물어야 성립된다. 파트리오는 나를 경계하고 있었다. 그러니 혹할 만한 미끼를 하나 더 제시할 수밖에 없었다.

"오해하지 마라. 네 말대로 나는 '보는 것'에 능하다. 하지만 모든 걸 알 수 있는 건 아니야. 그러니 너를 통해 그들의 저의를 알아보고 싶은 거다. 괜찮다고 생각되면 라이라를 '태양왕'으로 즉위시키는 데 적극적으로 동의하마."

"그거랑 내가 보다 완벽해지는 게 무슨 상관이지?"

"불완전한 상대와 거래를 하는 것만큼 멍청한 일은 없지 않느냐? 너의 봉인과 그 불완전함. 만에 하나를 대비해 '버리는 패'로 사용하기 위함이겠지."

파트리오는 버려도 '좋은' 패였다. 혹시나 일이 꼬이면, 파트리오만 버리고 그들은 더욱 깊숙한 곳으로 숨어들 것이다.

내가 태양왕에게 가서 말한다고 해도 그가 쉽게 믿을 리 없거니와 증명할 방법도 없으니, 모든 걸 숨긴 채 오로지 파트리오만 보낸 거겠지.

그러나 그들에겐 버려도 좋은 패일지 몰라도 내겐 승부를 위한 히든카드였다. 그러니 계속해서 파트리오를 자극할 생각이었다.

버리는 패라는 말을 들었을 때 파트리오의 반응은 어떨까?

"내겐 많은 생각이 허용되지 않는다. 싸울 수만 있으면 좋다."

그다지 감흥은 없는 듯싶었다.

그렇다면 우회다.

"전사 그 자체로군. 하지만 봉인이 있는 한 속 시원하게 싸울 수도 없었을 거 같은데."

"부정하지 않겠다. 그러나 봉인은 강대한 적을 만나면 풀린다. 우리엘 디아블로, 네가 우리의 거래를 거절한다면 나와 싸우게 될 것이다."

"봉인이 해제됐을 때 부담을 안겠지. 발록은 정말 위험한 괴물이니 말이야."

"……."

아주 살짝 흔들렸다.

발록. 심연에 존재하는 괴물 중에서도 당연히 최상위의 괴물이다.

하지만 멸종된 상태다. 종족 특성상 매우 호전적인 발록은 발록끼리도 싸우기 때문이다.

암수 구분 없이 싸워만 대니 대대로 자손을 번식하지 못하고 지금은 멸종되었다고 알려진 괴물이었다.

그런 발록의 피를 구해 어떻게 합성한 것인지는 모르겠지만, 발록의 인자를 이었다면 분명히 특유의 호전적인 성격도 함께하고 있을 터였다.

그렇다고 봉인을 풀면 반대급부의 무언가를 잃는다.

욕구불만족의 상태라는 뜻.

충분히 건드려 볼 가치는 있었다.

"봉인의 부담감 없이 마음껏 싸워보고 싶지 않나?"

"나를 현혹할 생각이라면 버려라. 이미 할 수 있는 모든 방법을 동원해 찾아보았으니."

"일단 들어보아라. 나는 너희가 가진 힘을 모른다. 너처럼 불완전한 이를 내세울 정도라면 그 뒤가 얼마나 구린지는 알 수 있지. 하나, 나는 네가 가진 그 불완전함을 해소시켜 줄 수 있다."

파트리오는 답하지 않았다.

나는 한마디를 더 보탰다.

"싸우기 위해 태어났으나 마음대로 싸울 수조차 없는 답답함. 내가 거절한다면 너는 나를 상대로 전력을 다하겠지만, 나는 전력을 다해 도망갈 것이다. 파트리오, 그리되면 너는 그대로 '처분 대상'이 되겠지."

"……!"

그래, 도망갈 것이다.

이길 수 없는 싸움을 왜 하나?

파트리오도 알고 있을 게 분명했다. 자신이 '버려도 좋은 패'인 것을 무덤덤하게 받아들인 걸 보면 말이다.

하지만 나를 상대로 마음껏 싸워볼 생각이었겠지.

아서라. 바람대로 움직여 줄 내가 아니다.

"마지막으로 봉인을 풀고 싸워본 게 언제지? 키메라는 그 성격상 수명 자체가 짧지. 가뜩이나 짧은 수명이 봉인의 해제 여파로 더 짧아지고 있었을 것이다. 아니, 어쩌면 '1회성' 일지도 모르겠군. 너는 철저하게 '자폭'을 위해 만들어진 거다. 아쉽구나, 부작용만 없었다면 일당백의 전사가 되고도 남았을 텐데."

"……."

정곡을 찔렀나?

수많은 인자. 나처럼 '폭식'과 같은 스킬이 없는 한, 그것들을 모조리 받아들이고 정상의 생활을 할 수 있을 리가 없었다.

그러니 '자폭'의 용도로 사용하는 것이다. 데몬로드 같은 강자를 잡고자.

파트리오의 눈에 혼란이 잦아들었다.

오른쪽 팔을 긁어대기 시작했다.

먹혔다.

그리고…… 그 순간이었다.

'실패작이군. 36,700구의 실험체 중에서 유일하게 살아남았는데, 결과적으로 실패를 하고 말았어.'

'그래도 잠력은 뛰어나군. 한번 폭발시키면 사천왕조차 죽일 수 있을 것이다.'

'죽이고, 죽어라. 너의 활용가치는 그게 전부이니.'

'너의 동생 말이냐? 흐흐, 그 아이도 꽤 적성이 있었다만, 조금 부족했다. 그래도 걱정 마라. 너의 팔 한쪽은 네 동생의 것이니.'

'쓸데없는 감정이 너무 많군. 세뇌를 해야겠어. 어디 보자, 우선은 '고통'을 건드려 볼까?'

'너는 오로지 싸우기 위해 만들어졌다. 그 외엔 아무런 생각도 말도록.'

기억이다. 파트리오의 기억이 내게 흘러들어 왔다.

싸우기 위해 만들어졌으나, 싸우지 못해 생긴 감정의 골이 조금씩 폭발하기 시작한 것이다.

'세뇌가 걸려 있군.'

골치가 아팠다. 잘못 건드리면 엉망이 되는 게 세뇌라는 것이다.

하지만 깰 수 있는 방법은 있었다. '기억'을 건드리는 거다. 물론 잘못되면 백치가 될 수도 있지만, 본래의 정신력이 강한 자였다면 몇 개의 키워드를 던져 주는 것만으로도 깨고 나올 수 있었다.

"동생의 이름이 뭐지?"

"내겐…… 동생 같은 존재는 없다."

"그럴 리가. 네 팔의 한쪽은 네 동생의 것이지 않느냐?"

"내 팔이……?"

"아까부터 계속 오른쪽 팔을 긁고 있더군. 시원하던가? 한데 이상하군. 너는 아무런 '감촉'도 느끼지 못할 텐데 말이야."

한 발자국, 크게 내디뎠다.

그리고 파트리오의 오른손을 강하게 쥐었다.

"……!!"

파트리오가 크게 흔들리기 시작했다. 몸을 부르르 떨고, 눈동자가 쉴 새 없이 움직이며 불안한 감정을 보였다.

내가 손을 잡았음에도 거부 반응이 없다. 그만큼 혼돈을 느끼고 있다는 거겠지.

여기까지다. 더 이상 하면 위험할 듯싶었다. 파트리오가 망가지는 건 나도 바라지 않았다. 그는 내 히든카드로 활동해 줘야 했으니까.

하지만…… 내심 미소를 지었다.

'심는 것'에는 성공했다.

동생과 오른팔, 봉인과 해제 등.

그게 뭐가 되었던 파트리오는 내게 맞춰 생각하고 행동하게 될 것이다.

"봉인을 해제하고 싶다면 안정이 된 후 나를 찾아와라. 그리고…….”

작게 웃으며 말했다.

“‘그들’에게 전해다오. 선물은 잘 받았다고 말이야.”

라이라.

그녀에게도 사신이 찾아왔다.

“우리의 왕이 되어주시옵소서.”

“……뜬금없군. 누구지?”

“라이라, 우리의 태양이시여. 전대 왕의 피를 잇고, 반신 발키리의 힘을 가진 그대만이 우리의 위에 설 수 있습니다.”

검은 후드를 뒤집어쓴 사신.

하지만 그에게서 풍기는 마력은 전율적이었다.

라이라는 긴장하며 검을 뽑으려고 했지만, 사신의 말을 듣고 의아한 부분이 있었다.

“내가 태양왕의 피를 이었다고……?”

“그렇습니다. 전대 태양왕의 피를 이으셨지요. 하물며 그 날개는, 아아, 무척이나 아름답군요. 발키리의 힘 역시 그대로 계승한 게 분명합니다.”

라이라는 자신의 출생에 대해 명확하게 인지하지 못하고

있었다.

우리엘과 피가 이어지지 않았다는 것도 근래에 알았다.

그 부모에 대해선 누구도 모르고 있을 줄 알았건만.

“상관없다. 내 위에 서실 분은 오로지 우리엘 디아블로, 그분뿐. 내가 왕이 되는 건 있을 수 없는 일이다.”

“허어. 우리엘 디아블로, 놈이 가증스러운 가면을 쓰고 우리의 태양을 현혹한 모양이군요. 이를 어쩐다…….”

“내 앞에서 그분의 욕을 하는 건 참을 수 없다.”

스릉!

라이라가 검을 뽑았다.

그대로 목을 내려치자, 짙은 안개처럼 그대로 검이 통과했다.

‘실체가 없다.’

진짜가 아니라는 말.

환영이다.

사신은 물러나지 않았다.

“아셔야 합니다. 전대의 태양왕이 죽은 건 우리엘 디아블로가 ‘보았기’ 때문이라는 것을요. 새로이 즉위한 태양왕이 그를 살려둔 이유는, 온전히 그러한 이유가 있기 때문입니다.”

“……음해는 통하지 않는다. 죽어야 정신을 차리겠군.”

“동정심이었을까요? 아니면 속죄를 위해서였을까요. 전대 태양왕의 아내인 '엘레나'마저 빼앗고서, 이제는 그 딸인 저희의 태양마저 이토록 어지럽혀 놨으니, 우리의 왕이시여. 부디 잘 생각하시길 바랍니다."

전대의 태양왕…… 엘레나…….

그들이 자신의 부모라고?

라이라는 잠시 말을 잃었다.

"조만간 다시 찾아뵙겠습니다. 우리의 태양, 우리의 왕이시여."

사신이 안개 속으로 모습을 감췄다.

라이라는 인상을 찌푸린 채, 사신이 사라진 방향을 바라보고 있었다.

우리엘 디아블로.

문득 그가 떠올랐다.

그가 자신에게 해줬던 말들.

엘레나에 관한 건 알고 있었지만, 전대의 태양왕에 대해선 전혀 들은 바가 없었다.

하지만…….

'나를 길러주신 건 우리엘이시다.'

누가 낳은 건 중요한 게 아니다. 라이라가 '기억'을 시작했을 때부터 그녀의 근처엔 우리엘이 있었다.

그녀가 담고, 말하고, 마주한 모든 것이 우리엘을 중심으로 이루어졌다.

그분이야말로 세상의 중심이었다.

그런데 이제 와서 '전대의 태양왕'을 운운한들 라이라가 흔들릴 리 없잖은가.

설령 우리엘이 전대의 태양왕을 죽이는 데 일조했더라도…….

라이라는 자신의 등 뒤에 솟은 하얀색의 날개를 쓰다듬었다.

반신 발키리, 엘레나.

그녀의 축복이 담겨 있는 날개!

'이 날개는 이토록 아름다우니.'

그리고 이 날개는 오로지 우리엘에 의해 발현된 힘이었다.

따듯하다. 그래서 확신할 수 있다.

엘레나가 우리엘을 멀리했다면 결코 날개는 솟아나지 않았을 것이다.

빼앗았다고?

우리엘이 자신의 어머니인 엘레나를 전대의 태양왕에게서?

'그분은 무언가를 쉽게 빼앗는 성격이 아니시거늘.'

빼앗아야 하는 것만 빼앗는다. 그의 행동 모든 것엔 이유가 있다. 오히려 사신의 출현으로 인해 라이라의 믿음은 더욱 견고해졌다.

동시에, 자랑스러웠다.

저들은 태양왕의 전복을 노리는 강자들.

감히 말하건대, 자신이 없다면 찾아오지 않았을 것이다.

그리고 그런 자들이 우리엘과 라이라, 둘 간의 사이를 이간질하려 한다.

왜?

'그분이 까다롭기 때문에.'

최약체의 데몬로드, 가장 늦게 시작한 그가 가장 빠르게 달리고 있었다.

우리엘이 그저 그런 상대였다면 그들이 이처럼 번거로운 수를 쓸 리가 없으니까.

라이라는 자긍심을 느꼈다. 동시에 책임감도 느꼈다.

그분은 달리다 못해 하늘을 나는 중이다.

하지만 라이라, 그녀 자신은?

발목을 잡지 않을까 걱정이 된다.

그의 새로운 모습을 볼 때마다 심각하게 고민하고 난처해하는 자신이 계속해서 내키지 않았다.

그러니…… 오히려 이번 건은 기회일 수도 있었다.

'내가 그분의 날개가 되어드려야 한다.'

자기가 가고 싶은 곳으로 갈 수 있는, 그런 날개가 되어드리고 싶었다.

엘레나. 그녀를 안은 손이 부들부들 떨렸다.

선물.

그들이 선심 쓰듯 던져 주고 간 것.

나 또한 감정이 복받쳐 올랐다.

'어떻게 하고 싶느냐, 우리엘 디아블로여.'

나는 물었다. 엘레나에 관한 건 온전히 우리엘의 소관이다. 그가 살아생전 모든 걸 바쳤던 존재 중 하나가 바로 엘레나였으니 말이다.

깊게 생각하지 않았다.

그저 몸이 가는 대로 솔직한 우리엘의 '마음'을 투영하고자 했다.

그러자…….

화가 났다.

'엘레나는 라이라를 낳고 죽었다. 그녀의 몸은 심연에서 버틸 수 없었지. 라이라를 낳을 때까지 버틴 것 자체가 기적이다. 기적이지만.'

애당초 엘레나가 심연으로 오지 않았다면 죽지 않았을 것이다.

'엘레나를 심연으로 끌어들인 욕심쟁이들. 우리엘, 너는

그들을 죽이고 싶은 모양이구나.'

대화는 필요하지 않았다.

우리엘은 내가 되고자 했고, 나는 우리엘이 되고자 했다.

서로가 서로를 원했기에 지금의 '나'가 이곳에 있는 것이다.

그러니 우리엘의 마음 역시 알 수 있었다.

'그들은 라이라 또한 이용하려 들 것이다.'

이용당하고, 죽는다.

우리엘이 가장 아끼는 존재들이 허무하게 스러져 간다.

하지만 우리엘, 너는 혼자가 아니다.

"복수가 너의 소원이라면 들어주마, 우리엘 디아블로."

내가 있다.

내가 하지 못한 것들을 너는 해냈지만, 마찬가지로 네가 하지 못하는 것 역시 내가 할 수 있다.

파트리오에게 '의심'을 심었으니 그를 움직이기가 더욱 수월해질 것이다.

겉으로는 따라주는 척을 한다. 그리고 결정적인 순간에…… 둘 다 무너뜨린다. 그 뒤에, 엘레나의 시체를 묻을 것이다.

'내 마력으로 숨겨둬야겠군.'

엘레나. 그녀는 죽어서도 아름다움을 유지하고 있었다. 겉으로만 봐선 죽었는지조차 모를 정도로 고귀했다.

나는 칠흑의 손길을 사용해 그녀를 나의 공간 안에 잠시 가두었다.

라이라가 알 필요는 없다. 그녀를 라이라가 본다면 분명히 혼란할 것이었고, 어쩌면 복수를 위해 돌발적인 행동을 취할 수도 있으므로.

"로드시여."

양반은 못 되는 모양이었다.

라이라가 급히 나를 찾아왔다.

"무슨 일이지?"

"정체 모를 사신이 제게 접근해 왔습니다."

"알고 있다."

"제가 전대 태양왕의 피를 이었다고…… 알고 계셨습니까?"

무겁게 고개를 끄덕였다.

나도 그 사실을 파트리오에게 듣고 알긴 했지만.

그렇다고 모른다고 할 수도 없었다.

하지만 라이라의 의사는 중요했다.

"별로 중요하지 않은 사실이다."

"……제가 태양왕이 된다면, 로드를 도와드릴 수 있습니다."

"온갖 오물이 다 묻은 그 자리에 오르겠다고?"

"로드를 도울 수만 있다면 그보다 더한 자리라도 감내할 수 있습니다."

"그들이 너를 왕으로 세운들 가만히 둘 것 같으냐?"

"꼭두각시로 사용할 생각이겠죠. 하지만 그들은 저를 모릅니다. 어떤 심정으로 100년을 버텨왔는지."

아아, 그녀의 말이 맞다.

라이라는 절망적인 상황 속에서 무려 100년이나 우리엘 디아블로를 지켰다.

10년도 아닌 100년을!

수많은 고통과 유혹도 참아내면서.

그녀가 진짜 태양왕이 된대도 잘해나갈 수 있을 것 같다는 생각이 불현듯 들었다.

기특하다.

하지만 그 자리에 라이라가 오르는 걸 내가, 우리엘 디아블로가 바라지 않았다.

"고맙구나. 하지만 그럴 필요 없다."

"왜죠? 평소의 로드시라면……."

"기회라고 생각할 수도 있겠지. 하지만 아쉽구나. 네가 그런 생각을 한다는 것 자체가 나를 약하게 보기 때문이 아니냐?"

"아, 아닙니다. 결코 그런 뜻이."

"그러니 보여주마. 네가 모든 걸 내던져 돕지 않아도 이

사선을 뛰어넘을 수 있다는 걸. 태양왕도, 그 뒤에 숨은 세력들도 나를 어찌할 수 없다는 것을."

마음만 받겠다.

게다가 라이라의 마음은 견고할지 몰라도, 그들은 태양왕조차 전복시키려고 하는 자들이다.

무슨 수를 써서라도 라이라를 꼭두각시로 만들 테지.

"……죄송합니다. 제 믿음이 부족했습니다."

라이라가 살짝 울상이 된 채 고개를 떨어뜨렸다.

나를 돕겠다는 것.

그 자체가 실수였음을 인정한 것이고, 어쩌면 아무런 도움이 되지 않는다는 생각에 슬퍼진 것일 수도 있었다.

하지만 그녀의 도움이 필요 없다는 뜻은 아니었다.

"하지만 적이 적이다 보니, 너의 도움 없이는 힘들 것 같구나."

"아! 제가 도울 일이 있다면 무슨 일이든 말해주세요. 반드시, 반드시 성공시키겠습니다."

즉시 태세가 바뀌었다. 나는 작게 웃으며 말했다.

"연기. 한동안 나와 사이가 좋지 않음을 보여주고, 그들의 말에 따르는 '척'을 해다오."

"연기…… 요?"

"할 수 있겠느냐?"

"예, 할 수 있습니다."

꼬리를 살랑살랑 흔드는 것만 같은 저 태도를 보아하니 잘 할 수 있을지가 의문이었다.

하지만 라이라는 나를 실망시킨 적이 없다.

"그리고 오룡을 암암리에 불러다오."

단순한 머리싸움으로는 한계가 있다.

우선 나 자신이 강해져야 한다.

그러기 위해선 오룡이 필요했다.

'실마리는 잡았다.'

내 안엔 아직도 암령과 멸제의 마력이 싸우고 있었다.

또한 심연의 초강자들과 싸우고, '신조 람'과 계약하며 마력의 형질에 대한 본격적인 깨달음의 실마리를 얻었다.

의아하지만, 신조는 오룡들에게 매우 관심을 보이고 있었다.

그들과 나 사이에 연결된 '무언가'를 본 게 분명했다.

그것을 파악한다.

"명령을 따르겠습니다."

"참고로 연기는 지금 이 순간부터 시작이다. 네가 나를 찾아온 걸 많은 이들이 보았을 테니, 의견이 맞지 않았다는 걸 몸소 보여줘야지."

"……해보겠습니다."

무겁게 고개를 끄덕인 라이라가 표정을 굳히고, 입술을 잘

근 깨물며 바깥으로 향했다.

다소 불안하긴 하지만, 일단은 괜찮을 듯싶었다.

"구화린. 우리들, 살아서 돌아갈 수 있을까?"

검룡 연혼제. 오룡들 중에서 가장 철이 없다고 알려진 연혼제가 구화린에게 물었다.

구화린은 자신의 검을 살피며 고개를 끄덕였다.

"돌아가야지. 반드시."

"나찰산에 있는 모든 괴물을 모아도 여기 모인 것의 절반이 되지 않을 거야."

"그래서, 자신 없어? 검룡이란 이름이 아깝네."

"뭐? 그럼 구화린 너는 자신 있다는 거야?"

"자신 없어."

구화린은 솔직하게 말했다.

자신 있냐고?

주변을 둘러봐라. 자신들보다 약한 괴물은 한 마리도 없다. 그런데 그런 괴물이 해일처럼 몰려든다.

연혼제가 인상을 찌푸렸다.

"싸우자는 거냐?"

“아니, 굳이 불안하게 생각해서 득 될 게 없다는 거야. 유설을 봐. 우리 오룡들 중에서 진정한 의미로 겁을 먹지 않은 건 유설밖에 없을걸? 겁을 먹지 않았기 때문에 가장 잘 싸우기도 하고.”

유설의 시선은 오로지 한곳에 고정되어 있었다.

작은 아이, 용의 꼬리를 단 여자아이에게.

이그닐이라고 했던가?

인간형 용이 존재한다니, 들어본 적도 없었다.

“귀여워…….”

침이라도 흘릴 기세다.

암룡 유설. 권법을 주로 사용하는 그녀는 전장의 꽃이었다. 오룡들 중에서 가장 두각을 보였다.

뭐, 이그닐이 전장으로 들어가니 급히 따라간 것에 불과하긴 하지만 말이다.

하여간 유설만이 본 실력을 냈다.

나머지 오룡들은 싸우는 데 급급할 뿐인데도.

툭.

투다다닥.

유설이 이그닐에게 다가가자 이그닐이 급히 라이라의 등 뒤로 숨었다. 라이라가 쳐다보자, 유설은 아쉬운 듯 손가락만 빨았다.

"재는 생긴 거랑 다르게 귀여운 거에 환장하니까. 여러모로 얼굴이 아까운 애지."

"그럼 나는 안 아깝다는 거야?"

"구화린, 넌…… 너도 예쁘긴 한데, 유설이 백자같이 기품 있는 아름다움이라면 너는 가시 돋친 야생마 같단 말이지."

"가시 돋친 야생마는 또 뭐야? 칭찬 아니지?"

"나도 내가 무슨 말을 하는지 모르겠으니까 알아서 생각해라."

구화린이 노려보자 연혼제가 자기가 무슨 말을 하는지 모르겠다는 듯 고개를 저었다.

그만큼 지금 상황에 중압감을 느끼고 있다는 뜻이다.

라이라 디아블로, 그녀가 오룡을 이곳으로 끌고 왔다.

왠지 익숙한 글자들이 새겨진 '진법'이 있는 곳이었다.

쿵.

땅이 울리는 소리와 함께 '그'가 모습을 보였다.

우리엘 디아블로!

데몬로드이며 그들과 함께 온 최강자.

그는 등장한 즉시 입을 열었다.

"이 진은 '흡성대법(吸星大法)'이라 불리는 것이다."

"흡성…… 대법?"

모두가 말하고, 경악했다.

흡성대법!

저주받은 진법 아닌가.

금지된 진법이지만 그 이름을 아는 야차는 많았다.

그것을 어떻게 우리엘 디아블로가 알고 있는지는 차치하고, 이 진법은 상대의 차크라를 억지로 강탈하는 것이었다.

그리고 강탈당한 상대는 십중팔구 죽는다.

그것도 매우 끔찍하게.

모든 피와 살점이 말라붙어서 죽는다는 말도 있고, 죽을 때까지 고통으로 울부짖다가 죽는다는 이야기도 파다했다.

설마?

"지금부터 이 진법을 사용해 겨뤄보도록 하지."

우리엘 디아블로가 사형선고를 내렸다.

흡성대법.

상대의 마력과 생명력을 갈취하는 극악무도한 술법이다.

그렇기에 익힌 자가 매우 드물며, 공공연하게 금지된 이 술법은 '검은 야차의 인'과 일면 닮아 있었다.

'대아귀의 습격, 둠의 출현으로 나찰각이 망가졌지만 이 책만은 남아 있었지.'

본래 대라선이 되어야만 보는 게 허락되는 서고가 따로 있었다.

하지만 아귀와 둠으로 인해 그 서고마저도 무너진 상태였고, 그나마 멀쩡한 서책만을 따로 챙겨 던전으로 옮겼는데, 그중 하나가 바로 흡성대법이었다.

내가 흡성대법을 오룡과 나 사이의 '열쇠'라고 보는 이유는 간단했다.

'투쟁.'

서로가 서로의 명줄을 걸고 줄다리기를 하는 것.

극한의 상황에 몰리면 숨겨둔 재주를 하나둘 풀어내게 마련이다.

천천히 시간을 들일 생각이었지만, 시간이 없었다.

'언제 다시 전쟁이 재개될지 모른다.'

잡은 실마리를 조금이라도 풀어내야 한다. 그래서 강경책이다.

월천은 말했다. 오룡이 태어나기 위해 들어간 재료가 바로 '용'이라고. 그것도 수십 마리의.

지금의 내가 생각해도 상상이 안 가는 규모였다.

그것을 깨운다.

하지만 한 명도 깨우지 못한다면 모두 죽을 것이다.

그건 내게도 꽤 큰 피해였다. 지금의 나는 흡성대법을 사용한다 하더라도 능력치의 상승이 없다. 단지, 저들을 각성시키기 위한 촉매일 뿐이다.

"시작하지."

쿠아아아앙!

마력을 흘려 넣자 진이 요동쳤다.

이곳은 전장의 한복판. 데몬로드인 나는 이곳, '저주받은 신전'을 빠져나갈 수 없었다. 니드호그 때문이다.

진법의 발동으로 몇몇 데몬로드가 신경을 쓸 수도 있다. 최악의 경우 둠이 오룡들을 눈치채고 나를 의심할 수도 있었다.

하지만, 해야 한다.

빠르게, 적어도 하나의 힘은 깨워야 했다.

'오룡이 각성하면 나 역시 강해진다.'

정확히는 월천, 검이 숨기고 있는 비밀이 개화할 것이다.

내겐 그게 필요했다. 월천이 죽어가면서까지 나에게 남긴 선물을 뜯을 때였다.

오룡에겐 미안하지만 그들에게 거부권은 없었다. 어차피 그들이 각성하지 않으면 야차의 미래는 불 보듯 뻔하다.

"죽고 싶지 않다면 발악해라. 나는 결코 봐주지 않을 테니."

진법의 도중 입을 여는 건 금기시 되어 있다. 마력이 꼬일 수도 있기 때문이다.

하지만 나는 마력의 조정에 관해선 스페셜리스트였다.

오히려 오룡들은 식은땀을 뻘뻘 흘리며 집중하고 있었다.

그들도 아는 것이다. 이게 내가 내린 시련이자 기회라는 걸.

쿵! 쿠릉! 쿠르르릉!

생명력과 생명력, 마력과 마력이 충돌한다.

다섯 개의 힘이 나 하나를 감당하지 못하고 있었다. 진법에는 주체가 없다. 고로, 강한 자가 이기는 단순한 구조다.

그리고 오룡의 힘이 나에게 서서히 끌어당겨지고 있었다.

"쿨럭!"

가장 먼저 피를 토한 건 연혼제다.

검룡 연혼제. 은후의 대장간에서 녀석과는 한 번 부딪혀 본 적이 있었다. 인내심이 부족해서인지 진법의 영향을 크게 받은 모양이었다.

나는 고개를 저었다.

'남은 건 넷.'

적룡 구화린, 암룡 유설, 무룡 무백, 잠룡 주가람.

그들은 심호흡을 하며 마력을 자신의 몸에 가둬두려고 안간힘을 쓰고 있었다. 하지만 모든 건 비우는 것에서 시작한다.

마력의 밀도를 한 단계 높이자.

"끄으으으으……!"

무룡 무백의 얼굴이 하얗게 질렸다. 사시나무처럼 몸을 떨어대며 모든 모공이란 모공에서 피를 쏟아대기 시작했다.

마력이 약해서?

아니다. 무백은 오히려 이 중 제일 마력이 높았다.

마력의 높고 낮음은 상관이 없었다.

삶에 대한 집념, 그리고 투쟁심이 있어야 한다.

남은 건 셋. 적어도 떨어진 둘보단 가능성이 있으리라.

'많은 걸 바라진 않는다. 하나만, 단 하나만 각성하면 된다.'

하지만 남은 셋의 얼굴도 썩 좋지는 않았다. 당장 죽어도 이상할 게 없을 정도로 핏기가 없었다. 누군가가 툭 건드리기만 해도 풀썩 쓰러질 것이다.

"못해…… 구웩! 먹겠…… 네!"

그러던 도중 잠룡 주가람이 포기를 선언했다. 어느새 꺼낸 단검으로 허벅지를 찔러서 깨어난 후 진법에서 벗어난 것이다.

과연, 판단력은 좋았다. 이대로 계속하면 정말로 목숨이 위험할 수도 있기 때문이다. 주가람은 아예 진법에서 벗어났고, 그 즉시 쓰러졌다.

삶에 대한 집착은 인정할 만했다.

하지만 아쉬웠다. 결국 주가람에겐 투쟁심이 부족했다.

남은 건 둘.

'내가 잘못 생각한 건가?'

구화린과 유설. 여자 야차만 남았다.

어쩌면 둘 다 실패할 수도 있다. 아니, 실패할 확률이 압도적으로 높았다. 다섯이 받던 압박을 둘이서만 받고 있는 셈이다.

'실패인가…….'

내심 혀를 찼다.

실마리를 얻고, 바로 실행에 옮겼지만 아직 시기상조인 듯 싶었다.

어쩌면 내 욕심일지도 모른다. 이들은 준비가 안 됐다.

나는 진법을 해제시키려고 했다. 더해봤자 개죽음만 늘어날 뿐일 것 같아서.

빠드득!

그 순간, 구화린과 유설이 동시에 이를 악물었다.

마력의 움직임이 변했다.

나를 노리면서 동시에, 둘은 싸우고 있었다.

'대단한 욕심이군.'

어이가 없었다. 나 하나만 해도 죽을 게 명확한데, 그사이 구화린과 유설이 맞부딪히기 시작한 것이다.

이유를 알 수는 없지만, 그렇기 때문에 더욱 환하게 빛날 수 있었다.

나는 잠시만 이 상황을 지켜보고자 하였다.

"오룡치곤 좀 약하지?"

"집안도 대단한 게 없잖아. 구화랑 대주 후광을 업은 건지…… 쯧쯧."

구화린, 그녀는 만년 꼴등이었다.

오룡들 중에서도 언제나 말석. 매번 그녀가 비교당하는 건 같은 오룡이 아니라 친오빠인 구화랑이었다.

그게 너무 싫었다. 그래서 구화랑을 멀리했고, 철저하게 마음을 닫았다.

하지만 그 날. 구화랑이 죽었다고 생각한 그날.

구화린은 자신의 나약함에 신물이 났다. 결국 자기 스스로의 자존감을 지키고자 모두를 멀리한 것이다. 정작 스스로 아무것도 할 줄 모르면서.

'더 이상 무력하고 싶지 않아.'

오한성도 처음엔, 별거 아니라고 생각했다.

자신과 비슷하면서도 다른 처지. 오히려 오한성이야말로 '밑바닥'이 아니었던가.

검은 야차라고 멸시받으며, 어쩌면 자기 위안을 위해 그를 끌어들이자고 생각한 것일 수도 있다.

하지만 지금의 오한성은 무려 대라선이다. 그는 시련을 깨부수고 '둠'마저 몰아내며 자신의 가치를 입증했다.

'나도 그처럼 빛나고 싶어.'

구화랑이 살아 있다. 야차들의 결속은 더욱 단단해졌다.

삶의 터전을 부순 둠에게 복수하려면 이 정도로 만족해선 안 된다.

최고가 되어야 했다. 다른 오룡들보다 강해지고 싶다는 생각이 더 간절해졌다. 단순한 자기 방어기제가 아닌, '꿈'으로 완성된 것이다.

그리고 이전부터 유설과는 경쟁 구도에 있었다.

'유설, 너는 그렇게 생각 안 하겠지만 말이야.'

유설. 매번 흐리멍덩한 표정을 짓고 있는 미인. 그녀는 존재만으로도 시선을 모으는 재주가 있었다.

강하고, 도도하며, 아름답기 때문이겠지.

자기 자신에 대한 수련도 열심히 임했다.

귀여운 걸 한없이 좋아하지만, 그런 건 유설이란 야차를 표현하는 데 일말의 티도 되지 않았다.

그래서 구화린은 언제나 유설을 이기려고 했다.

한 번도 이긴 적이 없지만.

'이번에야말로 이기겠어.'

뒤에서 만족하는 자는 결코 앞으로 나아갈 수 없다.

구화린은 마력을 더욱 끌어올렸다.

진원진기.

생명의 원천이라 불리는 힘마저도 모두 끌어냈다. 손상되면 절대로 수복할 수 없다고 전해지는 힘이지만, 데몬로드 우리엘 디아블로는 자신들에게 '한계'를 돌파하길 바라고 있었다.

'아……!'

그리고 지금, 자신의 전쟁에 유설이 참가 의사를 밝혔다.

왜인지는 모르겠지만 그녀도 지길 싫어하고 있었다. 본래 유설은 승패에 그다지 연연하는 성격이 아니지만 이번만큼은 구화린이 자신을 넘어서길 바라지 않는 듯싶었다.

좋다. 이래야 싸울 맛이 나지.

생명을 걸고 패를 나누는 도박이다.

'나찰이 될 거야. 화천의 자리에 올라서, 오명을 씻겠어.'

구화린에겐 목표가 있었다.

지금은 공석이 되어버린 십이나찰의 자리 중, 화천의 자리를 노린다.

화천.

둠을 끌어들인 배신자.

나찰의 이름에 먹을 칠했다. 그 먹을, 자신이 깨끗하게 씻을 것이다. 그러기 위해선 대라선에게 인정받는 나찰이 될 필요가 있었다.

하지만…….

"쿨럭!"

무리는 화를 부른다.

생명력은 유한하다. 결코 그 한계를 뛰어넘을 순 없다. 뛰어넘는다면, '초월'이라 부르기에 마땅하리라.

유설 역시 꽉 깨문 입술에서 피가 줄줄 흘러내렸다.

둘 다 무리하고 있었다. 각자의 목표를 위해.

'지고 싶지 않아.'

그래도 한다. 할 수 있다. 반드시 해내야 했다.

이 정도 시련도 넘지 못해선, 나찰이 될 수 없다.

그리고…….

화르르륵!

전신이 불탔다.

아프다. 아프다. 아프다!

불은 스스로를 좀먹었다. 태우고, 또 태웠다.

—백염신공(白炎神功)을 깨운 자, 아홉 번의 삶을 살리라.

금기의 무공이 깨어났다.

to be continued